文春文庫

春の庭

柴崎友香

文藝春秋

目次

春の庭

春の庭

二階のベランダから女が頭を突き出し、なにかを見ている。ベランダの手すりに両手を置き、首を伸ばした姿勢を保っていた。

太郎は、窓を閉めようとした手を止めて見ていたが、女はちっとも動かない。女がかけている黒縁眼鏡に光が反射して視線の行方は正確にはわからないが、顔が向いているのはベランダの正面。ブロック塀の向こうにある、大家の家だ。

アパートは、上から見ると〝「〟の形になっている。太郎の部屋はその出っ張った部分の一階にある。太郎は中庭に面した小窓を閉めようとして、二階の端、太郎からいちばん遠い部屋のベランダにいる女の姿が、ちょうど目に入ったのだった。中庭、と言っても幅三メートルほどの中途半端な空間でコンクリートの隙間に雑草が生えているだけ、立ち入りも禁止である。アパートと大家の家の敷地を隔てるブロック塀には、春になって急激に蔦《つた》が茂った。塀のすぐ向こうにある楓《かえで》と梅は手入れがされておらず、枝が塀を越えて伸びてきている。その木の奥に、板張りの相当に古い二階建てがある。いつも通り、人の気配はない。

女に視線を戻す。まったく同じ位置のままだ。一階の太郎の部屋からだとブロック塀に遮《さえぎ》られて屋根ぐらいしか見えないが、二階からなら大家の家の一階や庭も見えるには違いない。しかし、そんなに変わったものがあるとも思えない。大家の家は、赤く塗られた金属板の屋根も焦げ茶の壁板も、傷みが目立つ。一人で住んでいた大家のばあさんが介護施設に入所して、もう一年になる。家の前を掃除するのを見かけたときは元気そうだったが、八十六歳になるらしい。情報は不動産屋経由である。

屋根の先には、空と雲が見えた。朝からよく晴れていたが、雲が出ている。真っ白の塊。まだ五月だが、真夏のような雲だった。ああいう雲は何千メートルの高さがあるって言うな、と太郎は雲の盛り上がって飛び出しているところを見た。

空の深い青とコントラストが強すぎて、目の奥が痛んだ。

雲を眺めていると、太郎は、雲の上にいる自分を想像した。いつもした。長い距離を歩いてやっと雲の縁にたどり着き、そこに手をついて下を眺めている。街が見える。数千メートルも隔《へだ》たっているのに、細かく入り組んだ街路の一本一本、ひしめき合う一軒一軒の屋根も、鮮明に見える。道路を極小の虫のような自動車が滑っていく。街と自分の間の空間を、小型飛行機が横切る。そこだけアニメの絵だ。ガラスの覆《おお》いがついた操縦席には誰もいない。音もない。飛行機だけでなく、どこからもなんの音も聞こえない。ゆっくりと立ち上がると、空の天井に頭がつっかえる。誰もいない。

そこまでの一連が、幼い頃から必ず浮かぶ光景だった。二階端のベランダを見る。さっきはなかった白い四角形の一部が見える。いつのまに。女は、手すりのところに画用紙、いや、スケッチブックを置いていた。木でも描いているのか。ベランダは南向きで、庇《ひさし》は短い。今は午後二時。随分眩《まぶ》しいに違いない。

女は時折、身を乗り出した。そのときにはまた、顔が見えた。黒縁眼鏡に、短めの中途半端な、強いて言うならおかっぱ頭。二月に引っ越してきた。何度かアパートの前でも見かけたことがあるが、三十歳過ぎ、自分と同じか少し年下といったところ、と太郎は見当をつけていた。背が低く、いつもTシャツやスウェットなど代わり映《ば》えのしない格好をしている。スケッチブックの向こうで、ぬーっと女の首が伸びる。頭をこちらに向かって傾ける。太郎は、そのときになってようやく、女が見ているのが正面の大家の家ではないと気づいた。太郎の部屋がある方向、大家の隣の家。水色の家。

ぴーっ、ぴーっ、と鳥の甲高い鳴き声と、枝葉が擦《す》れ合う音が、突然響いた。次の瞬間、女と目が合った。太郎が目を逸《そ》らすより前に、女はスケッチブックごと引っ込んだ。サッシが閉まる音がした。それきり出てこなかった。

水曜の夜、仕事を終えて帰宅すると、アパートの外階段の上に二階の住人がいた。先日ベランダにいた女ではなく、その隣の部屋の住人。随分前から住んでいるらしい、太郎の母親より年上に見える女。太郎の住むアパート「ビューパレスサエキⅢ」は一階と二階に四部屋ずつあり、部屋番号ではなく干支《えと》がふってある。

玄関側から見て、太郎のいる一階左端から右へ順に、亥《い》、戌《いぬ》、酉《とり》、申《さる》、二階へ上がって未《ひつじ》、午《うま》、巳《み》、辰《たつ》。今時は表札にもポストにも名前は出さないところが多い。この人は「巳」室なので、太郎は「巳《み》さん」と認識していた。顔を合わせると必ず声をかけてくる、愛想のいい人だった。

巳さんは、階段の上から一階を窺《うかが》っていたが、太郎が玄関前に立つのを見計らって、降りてきた。いつも頭の天辺《てっぺん》で髪をまとめ、着物をリメイクしたらしい変わった形の服を着ている。今日は亀柄のもんぺに、黒いシャツ。

「あのー、鍵を落としませんでしたか？」

「えっ、鍵？」

太郎は思わず自分の手元を見た。鍵はしっかりと握られている。

「これ……」

巳さんが顔の前にかざした、茸《きのこ》のフィギュアがついた鍵には、確かに見覚えがあった。

「朝、ここに落ちてたんです。でも、持ってらっしゃいますね、鍵」

「それは事務所の鍵です。会社の。家に忘れてきたんだと思って。ありがとうございます」

「あー、よかったです、こんなおばさんが突然鍵なんか持ってきたら怪しまれるんじゃないかと思って心配でした。取ったんじゃないですよ、ほんとに落ちてたんですよ」

「だいじょうぶです。ありがとうございます」

巳さんは近づいてきて、鍵を差し出す。太郎は受け取る。とても背の低い巳さんは、太郎の懐《ふところ》に入り込むように見上げた。

「じゃあ今日はお仕事できなかったんですか？」

「……あ、いえいえ、会社はぼく一人じゃありませんから、ほかにもいますから」

「ええ、あー、そりゃそうですね、ばかですよね、わたし。すみませんでした」

「いえ」

太郎は、鞄《かばん》の中にまかりの味醂《みりん》干しが入っているのを思い出した。出張帰りの同僚の土産《みやげ》だが、太郎は魚の干物が全般に好きではなかった。

「これ、よかったら。お礼っていうほどでもないですが」

巳さんは、好物なのだと大変によろこんだ。そんなによろこばれては申し訳ないと思うほどのよろこびようだった。ありがとうございますありがとうございますと繰り返しながら、跳ねるように階段を上がっていった。

太郎は、巳さんから渡された鍵を見た。しめじ。茸のフィギュアはカプセル入り玩具の販売機で自分が買ったものだった。しめじ。しかし、エリンギもついていたはずである。ものをなくしやすいので、目立つようにつけていた。ちぎれたのかと思ったが、紐も金具もない。音が鳴る鈴でもつけようかと思いつつ、帰り道にコンビニで買ってきた炭火焼き牛カルビ弁当を電子レンジで温めた。缶ビールも開けた。

干していたタオルを取り込むついでに二階端「辰」室のベランダを見上げたら、窓には明かりがついていた。あれから三日経つが、女の姿は見ていない。

ままかりをくれた同僚の沼津は、火曜は出張で岡山だったが、月曜は休みを取り二泊三日で釧路に行っていた。先月結婚して、相手の実家を訪ねたのだった。相手が一人娘で珍しい名字ということもあり、沼津は先月からその名字に変わった。旧姓を使い続けている別の同僚もいるが、気に入った名前だからと沼津は名刺も作り直した。太郎は新しい名字に慣れず、まだ沼津と呼んでいた。

昼休みにままかりと北海道土産の鮭とばを配ってから、沼津は名字が変わるとかは別に全然よかったが墓のことは考えていなかった、と太郎に話し出した。生まれ育った家は静岡の、自分の名字は沼津だが沼津ではない漁港で、燦々《さんさん》と日の降り注ぐ斜面の蜜柑《みかん》畑に囲まれた寺の墓に入るとなんとなく想像していたから、冬は極寒の森の中にある墓地を見たらなんだかさびしい気がしてきた、と言うのだ。女の人だったら嫁ぎ先の墓に入ることはすんなり受け入れているのか、見知らぬ人に囲まれて居づらくないだろうか、とあれこれ投げかけてきた。

太郎は真面目に考えて答えた。

「最近では融通がきくというか、選択肢はあると思いますよ。樹木葬とかあるらしいし。うちの父親は分骨して散骨しましたから」

「そしたらおれ、実家の庭に埋めてほしいです。子供のころ飼ってた犬がチーターっていうんですけど、埋まってるからその隣に」

沼津の兄が拾ってきた雑種は目頭《めがしら》に黒い模様があってチーターみたいで、鶏ガラが大好物で、小学校までついてきて困った、年取ってからは腰が悪くなって散歩にも出られなくなったが長生きし、予想以上に大きくなったので穴を掘って埋めるのは大変だった、とチーターの十一年分を五分ほどにまとめて沼津は話した。途中で何度か涙ぐんだ。

「人間の場合、骨の形が残ってると死体遺棄になっちゃうんで、完全に粉にしないとだめらしいですよ」

「やったんですか」

「結構硬くて難儀しましたね」

「燃えたあとだからすかすかなのかと思ってました」

太郎の父親は骨が丈夫で、虫歯もほとんどなかった。八十歳で歯が二十本を余裕で達成できそうだったのに、六十歳を前にして死んだ。もう十年近く前だ。ということは太郎が東京に住んで十年が経つことになる。

予想より硬かった父親の骨を粉にした茶碗サイズのすり鉢と乳棒は、大阪の実家から東京に持って来て、今でも太郎の部屋にある。三年前に離婚した女と暮らしていた三年のあいだも、そのセットを当時の食器棚の奥に置いていた。間違えて使いそうだし、そんなに大事なものならしまっておいたら、と元妻は何度も言ったが、太郎は置き場所を変えなかった。整理が悪いからどこにしまったかわからなくなる心配もあったし、見えるところにないと、父が死んだことを忘れそうだった。父のことも、死んだことも、自分は忘れているのではないかと思うことがときどきある。

「どうするかなあ。死んだときに考えるんじゃ間に合わないでしょう。釧路、寒いっすよねえ、大自然でいいけど、寒いっすよねえ、寒いの苦手なんすよねえ」

死んだら寒くないよと太郎は言いかけたが、そのとき唐突に、沼津が自分に向かって話しているのではないのがわかった。心に浮かんだことを口に出しているだけで、回答を求めてはいないと。マンションの一室にある事務所にはそのとき、太郎の他にも二人いて、会話は耳に入っているはずだったが、誰も加わってこなかった。

沼津は釧路の土産として鮭とばもくれたが、太郎はそれもとりあえず食器棚に突っ込んだ。それから、食器棚、といっても本棚を流用している棚の上から三段目、グラスやマグカップの奥を確かめた。父親の葬儀の二日後にホームセンターで買ってきたすり鉢と乳棒。すり鉢にしたのは間違いだった。溝に入った骨がなかなかとれなかった。洗って流すのは気が引けた。だから今も櫛《くし》でひっかいたような細い溝に白い粉が残っている。見えないが、残っているはずだった。父の骨は、郷里の墓と実家の仏壇の隣に置かれている。粉にした分は、釣りによく出かけていた愛媛の岬の沖に撒《ま》いた。風に吹かれ波に流され、見えなくなった。すり鉢から離れない粉と元は同じ骨だった粒子。あれは父親のどの部分だったか。父親の体の中に、ほんとうにあの白く硬いものが入っていたのか。あれが座ったり歩いたりしていたのか。太郎は、小学生のときに鉄棒に額をぶつけて切ったことがあるが、そのとき同級生たちが骨が見えると次々にのぞきに来たのに、自分だけが結局見られなかったことが今でも心残りだった。今までに、生きている人の骨を見たことはない。

缶ビールは冷えすぎていた。リサイクル店で買った冷蔵庫は最近、おかしな音がする。

金曜の朝、出勤しようと太郎が玄関ドアを開けたら、アパートの前を右方向に歩いて行く二階の端「辰」室の女の姿が目に入った。ドアを半分開けた状態で見ている太郎には気づいていないようで、前を見たまま歩いて行く。駅とは反対の方向である。考えた、なにをどういうふうに考えたのかは自分でも判然としないが、一瞬考えたのち、太郎は女と同じ方向へ歩いた。

女は、アパートの隣の、敷地いっぱいまでコンクリートの壁に囲まれた巨大な金庫のような家の前をゆっくり歩き、その角を右に曲がった。太郎は、女が曲がったのを見届けてから、同じように角までたどった。コンクリート金庫には中庭があるらしく、外に向かってはごく小さな窓しかない。今はシャッターがぴったり閉じている車庫からイギリス製の四輪駆動車が出ていくのを見たことがあるが、住人を見かけたことはなかった。コンクリート壁の角で立ち止まり、女が歩いて行ったほうを覗《のぞ》いた。

女は、コンクリート金庫の先にある、水色の家の前で立ち止まっていた。身長の低い体を伸ばし、塀の中を見ようとしている。女は、首を伸ばしながら左右に揺れ、それから再び歩き出したが、顔はずっと水色の家のほうに向けられていた。皺《しわ》の寄ったTシャツにスウェットパンツ、整えていない髪をごまかすためという感じでニットキャップを被っている。人に見られるとは思っていない格好である。眼鏡にニットキャップなので、かなり怪しく見える。そして、白い塀に沿って右に曲がっていった。

水色の家は、確かに目立つ建物だ。洋館ふうの建物である。横方向に張られた壁板は、明るい水色に塗られている。赤茶色の瓦の屋根は、平べったいピラミッドのような角錐型で、天辺には槍《やり》の先形の飾り。ぐるりと囲む白い塀には、左官のこて跡が鱗《うろこ》模様を描いている。路地からは建物の二階しか見えない。左側にベランダ、右側には縦方向に開く小さめの窓が二つ。どの窓も、枠は屋根と同じ赤茶色に塗られている。門扉《もんぴ》は黒い金物細工で茨《いばら》を象《かたど》っており、それ越しに見える玄関扉の脇にも植物モチーフのステンドグラスがはめ込んであった。太郎には区別がつかないが、菖《しょう》蒲《ぶ》やアイリスの類《たぐ》い、群青《ぐんじょう》色と緑色と黄色で構成されている。太郎の部屋からは、この家の、玄関とはちょうど反対側の部分が見える。そこにも、赤蜻蛉《とんぼ》を図案化したステンドグラスの小窓があった。

太郎は、中学校の遠足で行った神戸の異人館を思い出したが、この水色の家はそれらに比べるとなんとなくバランスが悪いと感じた。一見すると趣《おもむき》と歳月を感じる建物なのだが、しばらく眺めていると、屋根と壁とステンドグラスと塀と門と窓と、それぞれが別のところから寄せ集めたちぐはぐなものに見えてきた。門扉右側、ガラス板の表札を見ると「森尾」と彫られている。この家はしばらく、少なくとも一年近く空き家だったはずだ。いつの間に引っ越してきたのだろう。玄関脇には子供用の自転車と三輪車。門の左側、塀の外に二台分ある駐車スペースには、家とよく似た水色の軽自動車が停まっていた。

敷地の三分の一ほどは、庭になっている。アパートから離れている側だから、太郎の部屋からは庭は見えない。路地の角にあたる場所の、塀の内側に大きな百日紅《さるすべり》の木がある。樹皮がまだらにはがれた滑らかな幹で、太郎にもすぐにわかった。少し間をあけて二本、中くらいのと小さいのと落葉樹ものぞいている。この家の前はたまにしか通らないが、この百日紅は紫色、中くらいの木は白い梅、小さいのは山桜みたいな花だった覚えがある。

百日紅の下まで来て太郎は再び歩みを止め、女が曲がった右方向をうかがった。女は、三十メートルほど先の角をさらに右に曲がりかけていた。右、右、右。つまり、アパートへ戻る。

太郎のアパートは、車が一台しか通れない幅の路地に囲まれた区画にある。その区画には四つの建物があり、敷地は上から見るとちょうど田の字に区切られている。アパートがあるのがその左上の角だとすると、右側は敷地いっぱいまでコンクリート金庫、右下の敷地が洋館ふうの水色の二階建て、左下が大家の古い木造家屋になる。

女は、その田の字の周囲をぐるりと一周しようとしているらしい。

女が曲がったのを見届けてから、太郎も百日紅の角を右に曲がった。水色の家のほうを見上げると、ベランダに面した窓にも縦に開く窓にも白いブラインドが降りていた。ベランダには、洗濯物も物干し竿もなかった。

太郎が、次の角、大家の家の門があるところまできて、女が歩いて行ったほうを確かめると、案の定、女はアパートに入っていくところだった。大家の門前には、軽ワゴン車が停まっていた。白い車体に「デイサービス」の文字が並んでいる。大家だったばあさんが施設から戻ってきているのか、もしやなにかあったのだろうか。しばらくそこに立っていたが、出入りする人の姿もなく物音もしないので、太郎は、角を曲がらずにまっすぐ歩き、そのまま駅へと向かった。

次に女に会ったのは、土曜の日が暮れてしばらくたった時間だった。小雨が降っていたが、太郎の隣、「戌」室の住人の引っ越し作業が朝から行われており、木造のアパートなので音が響いて昼寝できなかった太郎が、やっと静かになったので畳に転がってうとうとしかけたらインターホンが鳴った。

廊下に面した台所の窓から声も聞こえるのだが、一応電話型の応答機が備え付けてあるので確認すると、二階のものですが、と声がした。巳さんだった。

ドアを開けると、巳さんの後ろに、あの女もいた。巳さんの隣の「辰」室の住人である。

「どうもこんばんはー」

笑顔と明るい声が向けられ、太郎はたじろいだ。女は、いつもの黒縁眼鏡で化粧もしていなかったが、髪は整えてあり、白いシャツに青いカーディガン、紺のパンツでそれなりに色も合わせていた。

「ままかりのお礼です」

巳さんは、花柄の包装紙に包まれた薄い箱を太郎に押しつけるように渡した。「辰」のほうは、ただ笑顔を作って頷《うなず》いている。同じくらい背の低い二人を見て、太郎はまずなにかに似ていると感じ、しばらくその感触を探った結果、お地蔵さんが恩返しにくる昔話を思い出した。巳さんは、太郎と「辰《たつ》さん」の顔を順に見た。

「ほら、もうこのアパート、わたしたち入れて残り四軒でしょう？　肩寄せ合って生きていきましょうよ」

不動産屋から、築三十一年のこの「ビューパレス　サエキⅢ」の大家が息子に替わり、取り壊しの計画が本決まりになったから定期借家契約の終了までに出てほしい、と告げられたのは三月末のことだった。築年数の割にはクリーム色の外観はそんなに古びておらず、水回りの設備なども十分に機能的だったからもったいないと思ったし、自分よりも年下の建物が壊されるのは不憫《ふびん》にも思った。

太郎は三年前に越してきて、去年の七月に二年間の再契約をしたから、来年の七月までということになる。

通常の賃貸契約だった他の部屋はそれなりの立ち退き料が出るせいもあってか、五月の連休が終わるまでに「午」「未」「酉」の住人が立て続けに出ていった。「戌」の住人は四十歳ぐらいで銀縁眼鏡のいつも不機嫌そうな男で、粘れば立ち退き料を上乗せできるのではないか、と廊下で会ったときに言っていたが、あっさり、しかもなんの挨拶《あいさつ》もなく引っ越してしまった。あと一室「申」室には若い男女が住んでいるが、二人とも挨拶もせず、ときどき部屋から聞こえてくるのは喧嘩《けんか》の声だった。

「あ、じゃあ、よかったらもう一つ余ってるのがあるんで」

太郎は、台所から鮭とばを取ってきたが、一袋しかないので差し出してしまってから、巳さんに渡すか辰さんに渡すか、困った。

「わたしはこの間いただいたから、あなた、どうぞ」

「ありがとうございますぅ。好物なんです、日本酒にめちゃめちゃ合うんですよねーっ」

「辰さん」の妙にはしゃいだ声は、じっとり湿気を含んだ足下のコンクリートに吸い込まれていった。

「なんか困ったことあったら言ってくださいね。必ず言ってください。遠慮しないで、絶対ですよ」

巳さんは繰り返し、「辰さん」はその隣で愛想笑いを浮かべ続けたまま、二階へ帰って行った。

巳さんのくれた箱を開けると、ドリップコーヒーバッグの詰め合わせだった。職場で飲むのにちょうどよいので持って行くことにした。

太郎のアパートから最寄り駅までは、徒歩十五分かかる。もう少し駅に近い場所にすればよかったと少々後悔しているが、今の部屋を探していたときは、離婚で部屋を出なければならなくて早く決める必要があったし、とにかく暑かったから歩き回りたくなかった。最初に内見したこの部屋がだいたいの条件をクリアした上に家賃が割安だったため、あっさり決めてしまった。二年の定期借家も、仕事と生活が落ち着けばまた引っ越せばいいくらいに考えていた。しかし、元々面倒くさがりなので再び引っ越しをする金も手間も惜しい程度には「ビューパレスサエキⅢ」の「亥」室に満足していて、再契約もした。太郎はなにをするにも、「面倒」という気持ちが先に立つ質《たち》だった。好奇心は持っているのだが、その先にある幸運やおもしろみのあるできごとを無理して得るよりも、できるだけ「面倒」の少ない生活がよいと考えていた。それでも、「面倒」はそれなりにやってきた。

「ビューパレス　サエキⅢ」の周辺は道が複雑である。カーナビは世田谷区で迷わないために開発されたという豆知識に対しては半信半疑だったが、太郎が二十三歳まで暮らした街のように碁盤の目になっているところはほとんどなく、一方通行や行き止まりが多いのは事実だった。アパートから駅までもまっすぐ行けない。どの道を選んでもどこかで迂回《うかい》することになる。スマートフォンの地図アプリで計測した上、実際に歩いた感覚から総合してだいたい同じくらいになるルートが三通りあり、出勤時は気分次第でそのいずれかを歩く。

第三ルートの途中に、狭い路地がある。両手を広げたら届くほどの幅しかない家と家の隙間を柴犬を連れて歩いて行く人を見かけて、自分も入ってみた。路地は中心に向かってV字にわずかにへこみ、コンクリートの板が並べられていた。暗渠《あんきょ》の蓋《ふた》だ。以前テレビ番組で、埋め立てられた川の跡をたどっているのを見て以来、興味を持った。近所には埋め立てて緑道となっている道もあれば、地図で見ると川だったことが容易に想像できる蛇行《だこう》した小道もあった。しかし、その細い路地を出ると、コンクリートの蓋も途切れる。地図を見ても、その付近に川らしき痕跡はない。下水に統合されるのだろうと思っていたら、後日、少し離れたところに角度のずれた辻があることに気づいた。休みの日に確かめに行ってみると、斜めに延びる路地があった。緩《ゆる》く曲がり、両側には平屋の木造家屋が数軒残っていた。玄関先にも窓の内側にもごみ袋や布団が積み上げられた家の脇で薄暗い路地は終わり、小学校の校庭に行き当たった。しゃがむと、側溝から水の流れる音がかすかに聞こえる。

これも真夜中にテレビをつけっぱなしにしていたときだが、地面の下を通る水道管の水漏れを検査する職員が映っていた。長いコードの先にぶら下がった聴診器に似た器具をアスファルトにつけ、ヘッドフォンで微細な音を聞き分ける。寝静まった住宅街の真夜中の路上で、漏水箇所を見つけ出す。人々が眠ったあとに黙々と職務を遂行する後ろ姿は、凜々《りり》しく見えた。

ああいう仕事をすればよかった、と太郎はときどき思った。経験に基づく希有《けう》な能力。職人的な熱心さ。世に知られてはいないが、人々の生活を支えている、不可欠な存在。

離婚するまで、太郎は美容師をしていた。元妻の父親が経営する美容室の支店で店長をしていたので、離婚と同時に職も失った。舅《しゅうと》は気のいい人で、娘のことと太郎の仕事能力とは別問題だからと、隣県の支店に異動を勧めてくれた。しかし、太郎は数年来の腰痛が悪化したのに加え、全体にそれまでの生活に倦《う》んでいたので、とにかくその仕事からも離れたかった。ちょうどそのころ父親の七回忌で帰郷した際に会った高校の同級生から東京にいる兄の起業した会社で営業職を募集していると聞いて、頼んでみたのだった。販促ツールや展示会のブースを作ったり、ＰＲ業務を請け負う従業員五人の会社で働いて三年になる。まったくの畑違いではあるが、美容院の店長としては宣伝も仕事のうちだったし、事務所以外の場所にあちこち出かけられるのは新鮮だった。毎日出勤して指示された仕事をやれば月末には以前より少ないながらも給与がもらえるのは、毎月の売り上げ目標や客数など数字をにらみながら従業員の扱いに悩み、社長である舅に気を遣い、休日もほぼなかった数年と比べれば、とにかく気楽だった。

少し前に、新規店舗の宣伝業務を請け負った輸入食品会社の担当者と打ち合わせをしていた際、その担当者が以前、「ビューパレス　サエキⅢ」の近くに住んでいたことがわかった。

「あの辺って芸能人けっこう住んでるでしょ」

「そうらしいですね」

担当者は、何人か例を挙げた。教えられた名前は、今は二時間サスペンスや舞台を中心にしている年配の俳優や借金騒動で話題になった演歌歌手などで、太郎は、はあとかへーとか感心したふうに話を合わせた。

第二ルートの途中で、そのときに聞いた名前の表札を見つけた。その俳優は、太郎が子供の頃に見ていたのよりはだいぶ年代が前だが、特撮ヒーローものの主役をつとめていた。白いタイル張り、左半分が円柱形の三階建て。見上げると、円筒に沿う形の窓が開いていたが、なぜか人が住んでいるという気配が少しも伝わってこなかった。今なら本人が出てきてもへえと思う程度だろうが、もし自分が子供の頃に、近所でテレビの中の人が役柄とは違う格好で歩いているところに遭遇したら、よろこぶというより混乱したのではないかと思った。特撮ヒーローものは好きだったが、どちらかというと変な部分を見つけて笑うような子供だった。保育園でそのヒーローの実在を信じていた子に、あれはウソモンや、と言って泣かしたこともあった。太郎は大阪で育ったが、テレビドラマの中のことは、どこか遠くの場所にあって、自分が生きている場所とは関係がないのだと思っていた。背景の住宅街も、工場に囲まれた埋め立て地にある自分の街とは全然似ていなかったし、話す言葉も違っていた。だから、安心して見られたし笑うこともできた。もし、自分の街の中にその世界があったら。どっちがほんとうなのかわからなくなって、部屋から出られなくなったのではと思う。この街で育つ子供たちは、その二つの世界をどう区別しているのだろう。

水色のあの家も、芸能人が住んでいるのかもしれない、と太郎は考えた。「辰」室の女は、その芸能人の熱狂的なファンか、もしくはただ興味本位で覗いているだけか。どちらにしても、だとしたらつまらない解答だった。

真夜中にカラスの鳴き声が聞こえて、太郎は目を覚ました。眠りたかったから目は開けなかった。かちゃかちゃと、カラスの足音も聞こえた。大家の家の屋根を歩いているのだ。ごみを出さなければ、と太郎は思った。カラスのほうが可燃ごみの日をよく覚えている。カラスは夜中でも目が見えて飛ぶことができるようになったのだろうか。カラスの羽を真っ黒に染めてしまって逃げているフクロウを探すために。あれはどこで読んだ話だったか。おぼろげに保育園の教室が思い浮かび、太郎は再び眠った。

その朝は土曜日で、十時過ぎまで寝ていた。ごみは出しそびれた。会社に持って行ったコーヒーの礼にと社長がくれたごぼうパンを食べて、畳に転がっていた。太郎は食べた後もすぐ寝転がり、子供の頃はよく両親から牛になると注意され、牡牛座で頭の左右に出っ張った部分があるからいつか牛になるのだろうと思っていたが、今もって角は生えていなかった。

大家の家の方角からは、まだカラスの声が断続的に聞こえていた。カラスがいると、他の鳥の鳴き声はしない。いい天気のようだった。ベランダに面した網戸越しに、空が少し見えた。網戸に細かく分割され、解像度の低い液晶画面に似ていた。

物音がする。最初は、風かカラスか猫だろうと思っていたが、石かコンクリートがぶつかり合うような音で、違うとわかった。起き上がり、ベランダに近づいてみると、外に人影があった。

雑草が伸びた中庭。ブロック塀の隅、大家の家と水色の洋館とコンクリート金庫との境界のところに、スウェットにデニムの女がいた。二階の「辰さん」。どこから持って来たのか、コンクリートブロックを二つ積み上げて足場にし、ブロック塀に手をかけてよじ登ろうとしている。しかし、塀は成長しすぎた蔦で覆われ、その上には楓の枝が飛び出しているうえ、女はもたもたと足をかけるところを探っているばかりで、なかなか上れない。

「ちょっと」

太郎はベランダに出て、声をかけた。

辰さんは、振り返った。

「一応、ここの中庭、入ったらだめだと思うんで」

数秒間、辰さんは無表情のまま太郎を凝視していたが、急に愛想笑いを作った。

「そうですよねー」

そして、ベランダの下に移動してきた。

「あのー、一つ、お願いがあるんですが言ってもいいでしょうか」

面倒が来た、と太郎は思った。お願いなどろくなことであった例《ため》しがないし、いいでしょうかと疑問形で尋ねるくせに選択肢が用意されていないことはよくある。

「そのー、確かめたいことがありまして、あの、そこのお家を、見たいんですね」

辰さんは、蔦に覆われた塀の向こう、水色の洋館を指さした。太郎は黙って、示された方向に視線を移した。

「できたらこちらのベランダの柵に、上らせていただけないかなと、考えているんですね。ほんとはこの真上の部屋からがいちばんよく見えると思うんですけど、ほら、もう引っ越されちゃったんで。決して強盗の下見とか盗撮とか、そういったことではございませんので。ただちょっと、あのー、あの家が好きなだけなんです」

家。

太郎は、斜め裏の家を見た。水色の壁、赤茶色の瓦屋根。どこかで鳥が鳴いているが、姿は見えない。

「人の家ですよ」

「決して決して、怪しいことではありません。ただ、素敵な建物で、わたしあの、仕事で絵を描いていまして、その参考に確かめたいだけなんです」

「絵って言われても」

「ご迷惑はおかけしませんから」

「あー……。どうぞ」

太郎は短く答えた。やりとりをするのが面倒だった。あとからもっと面倒になることが予想されるのに目の前の面倒を回避してしまう。元妻も離婚に際して、太郎のこの性格を理由の一つに挙げた。

辰さんは礼を言い、ベランダの下にブロックを運んで、よじ登ってきた。太郎は、自分は関わりたくないと示すため、部屋に入って一歩下がったところにいた。辰さんは、自分と同じ三十歳すぎかと太郎は思っていたが、昼間の光の中、近い距離で見ると、顔全体に疲れが見えるというか、若さがないというか、どうも自分よりかなり年上の気がしてきた。年齢がわかりにくい顔である。四十代と言われても高校生と言われてもそれなりに納得しそうだった。化粧っ気のない顔の上で、黒縁眼鏡だけが妙に目立っている。

「そこの窓は、階段の踊り場なんです」

辰さんはまず手すりに腰掛けた状態で、水色の家を指差した。一階と二階のちょうど中間の高さのところに、小さな窓がある。赤蜻蛉二匹が図案化されたステンドグラスになっている。太郎はその窓に明かりがついたのを最近見た気がしたが、はっきり覚えてはいなかった。辰さんは、手すりの角に移動し、壁に手をついて慎重に立ち上がり、コンクリート金庫屋敷との境の奥を指さした。太郎もベランダに出てのぞいてみたが、薄暗くてあまりよく見えない。

「あっちの窓がお風呂場のはずなんですね。でも、期待したほど見えませんでした。すみません」

辰さんは、柵からベランダの内側に降りた。

「あら」

声がしたほうを見ると、二階のベランダから巳さんが上半身を乗り出していた。巳さんは、にやにやと意味ありげな笑みを浮かべて会釈《えしやく》した。そのまま、こっちを見下ろしている。太郎が会釈を返すと、巳さんは引っ込んだ。

辰さんは特に表情を変えず、手や膝の砂埃《すなぼこり》を払い、脱いだスニーカーを持って太郎の了解も得ずに部屋に上がった。

「玄関から出ていいですか？　わたしの行ってた高校、警察署の隣にあって、教室に男女が二人でいると職員室に電話がかかってきたんですよ。妄想たくましすぎですよね」

太郎は、その話を今言う意味がわからないと思った。しかし、静かになるのがいやだったので、口を開いた。

「巳さんは、何歳なんでしょうね」

「みーさん？」

「部屋が『巳』だから」

「なるほどー」

辰さんは、巳さんの年齢も名字も知っていて教えてくれた。太郎にはそれは意外な名前に思え、「巳さん」のほうが合っていると思った。蠍《さそり》座だという情報もくっついていた。巳さんの年を聞いて、太郎は反射的に、父と同じ年の生まれだと思った。父親の誕生日はついに日付を覚えられなかったが、年齢は間違えたことがなかった。戦争が終わった年の生まれだったので、夏になるとあちこちでその数字が示されるからだった。くも膜下出血で父が死んでからは、生きていれば、という仮定の年齢になった。母親はそのちょうど十歳下だったのに、もうすぐ父の年齢を追い越す。父は二月生まれだから、巳さんのほうが九か月遅く生まれた。しかし父の年齢は五十九より先に進まない。生きているときは、老人になると当然のこととして想定していたが、今では「おじいちゃん」の父は想像がつかなくなった。太郎は食器棚のすり鉢と乳棒を思い浮かべた。今はそれらが、身近にある父にいちばん近いものだった。しかし父は、そのすり鉢と乳棒を知りもしないのだった。

「じゃあ、わたしは一階の部屋がよかったかもですね。わたし、西っていうんですけど、一階に『酉』があるでしょう。漢字が似てるから覚えやすいじゃないですか」

「はあ」

「やっぱり、この部屋だけ少し間取りが違うんですね。お風呂場、こっち側ですか」

西は、スニーカーを手に持って、部屋を見回しながら玄関へ向かった。太郎はその後をついていく形になった。

「面積的には変わらないと思いますけど」

〝「〟の出っ張った部分に当たる「亥」室は他の部屋より細長いが、DK六畳に和室八畳、風呂トイレ別は同じはずだった。

「なんとなく広く感じます。台所もこっち向きのほうが使いやすそうですね」

「そうですか」

「たぶん」

部屋を一通り見分して気が済んだらしい西は、玄関でスニーカーを履いた。

「あのー、お礼に、晩ごはんでもごちそうさせていただけないでしょうか」

西が案内した居酒屋は、隣の駅の手前で踏切を越えたところだった。各駅停車しか停まらない駅なので、太郎はこのあたりに来たことはなかった。

唐揚げがうまいのだと西は言った。鶏と蛸《たこ》と甲乙つけがたい、と。そしてその両方と生ビール中ジョッキを注文した。

向かい合って見ると、西は、まったく日に当たらなそうな青白い顔のわりには、筋肉質だった。Tシャツから出ている腕も首も、太く盛り上がって、固そうである。

なにかスポーツでもやっていたんですか、と聞くと、野球を、と意外な答えである。小学生のときで、試合はしたことがなくて練習だけなんですけどね、と言い、唐揚げが来る前にジョッキのビールを飲み干してすぐ店員にお代わりを頼んだ。

それから、昆虫の絵がプリントされた布の袋から、絵本のようなものを取り出した。

「この家が、あの家なんです」

大判の薄っぺらい本は、「春の庭」と題された写真集だった。開くと、アルバムのように一ページに四枚か六枚の写真が並んでいた。ほとんどがモノクロ写真だった。

「ほら、同じでしょう」

西は、家の外観が写っているページを開いて、太郎に示した。それは数少ないカラー写真のうちの一枚で、確かに水色の板壁で赤茶色の瓦屋根にとんがった飾りのついた、あの家だった。庭から撮影されたその写真で、太郎はあの家の一階庭側を初めて見た。ガラス戸の内に広い縁側《えんがわ》があった。

「へえ」

と、太郎はやっと身を乗り出した。

「中は和風なんですね」

一階は、広い和室の続き間だった。縁側に籐の大きな椅子が置かれ、そこに座った女が口を開けて笑っている。若い、髪の短い女だ。その隣の写真では、和室に置かれた和箪笥《わだんす》の前に白いシャツを着て痩せた長髪の男が佇《たたず》んでいる。箪笥は、古道具屋で見かける黒い金属の飾りがついた立派なものだった。

「そうなんですよ。外から見たのと印象違いますよね。欄間はインド風なのか、象がいるし」

欄間は続き間を仕切る鴨居の上にあった。髪の短い若い女が、その鴨居をつかんでぶら下がっている。やはり大きな口で笑っていた。太郎の部屋から見える、蜻蛉のステンドグラスも写っていた。そこは確かに階段の踊り場で、痩せた長髪の男が古い二眼レフカメラをのぞき込んでいる。

二階のベランダに面した部屋も、縦に開く洋風の窓がある部屋も、畳敷きだった。縦に開く窓の下には、書机が置かれている。その前に立つ若い女は、こっちに向かって座布団を投げようと構えていた。

「一九六四年築らしいから、東京オリンピックの年ですね。いかにも昭和の半ばに文化人が建てた家っぽいんですけど、今ひとつ趣味がよくないっていうか、要素詰め込みすぎですよね」

「確かに」

室内の写真はモノクロだが、庭で撮られた十枚ほどはカラーだった。縁側から撮られた庭。左奥の塀際に百日紅、その右に山桜らしき木、さらに右に梅が配置されているのは、先日太郎が外から見た通りだが、梅の手前に立派な松がある。その下には丸い石が川のような形に並んでいて、小ぶりの石灯籠《いしどうろう》も置かれていた。写真集のちょうど真ん中のページには、ほぼ庭の全景を収めた同じ構図の大きな写真が二枚並んでいる。右のページでは庭に女が立ち、左のページでは同じ場所に痩せた長髪の男が立っている。写っている庭は、春だった。今よりも枝の少ない梅にはもう艶のある緑の葉が出ていて、その左のまだ背の低い木には桜に似たもっと色の濃い花がたくさんついていた。百日紅も今より木が小さい。葉が出始め、花はまだまだというところである。地面にも、小さな白い花がいくつか見えた。

最後のページは、余白を大きく残し、サービスサイズくらいの大きさのカラーの写真が一枚だけ載っていた。そこには、風呂場が写っていた。壁も床も、黄緑から緑色のモザイクタイルがグラデーションになって模様を描いている。森のようにも見えるし、波のようでもあった。

若い女も痩せた男も誰もおらず、浴槽も空だった。小窓から外の光がやわらかくその緑色の空間を照らしていた。

「そのお風呂場、いいですよねー。その写真が、なんかいちばん好きなんですよね。その、黄緑色のタイルが」

それから西は、あの家とのいきさつを話し出した。

西があの家を見つけたのは、今年の初め、引っ越し先を探すために見ていた賃貸情報サイトで、世田谷区に多くある豪邸を見るのについ夢中になってしまっていたときだった。

サイトであの家の水色の外観とタイルが黄緑色の風呂場の画像を見つけた日、西はあの家が写っているはずの写真集をインターネットで探し、定価より少し高い値段のついていた「新品同様」を選んで「購入」をクリックした。三日後、その写真集「春の庭」が届いた。出版されてから二十年も経っているのに、倉庫にでも眠っていたのか、表紙にわずかな擦り傷がある以外、日焼けも傷みもなかった。出版されたばかりに見えた。「春の庭」は、二十年前、ある家に住む夫婦の日常生活を撮影した写真集である。夫は三十五歳のCMディレクター、妻は二十七歳で小劇団の女優だった。

写真集に並ぶ写真は、西の記憶の通りだった。見比べてみると、賃貸情報サイトで表示されたあの家は、リフォームはされているもののやはり同じ家に違いなかった。西は、サイトに掲載されていた画像を一つ一つスマートフォンに保存した。だから、今では好きなときにあの家の画像と間取り図を見ることができる。

一階はステンドグラスのある玄関、二十五畳のリビング、縁側、白木のキッチン、風呂場、二階には六畳の洋室が二つと八畳の和室、ベランダ、それから百日紅と梅と海棠《かいどう》がある庭。

ただ、残念なことに、西はあの家の住人にはなれなかった。二階建て3LDKは一人暮らしには広すぎたし、なにより家賃が月額三十万円だった。しかし、その裏手のアパートにちょうど条件に合った空き部屋があったのは幸運だった、と西は言った。毎日生活する場所にちょっとした楽しみがあるのは、いいことだ。自分は運がいい人間なのだと、子供の頃から思っている。

そんなに住みたい家なら内見だけでも行ってみればよかったのではないか、たとえば数人でシェアできる可能性もあったのではないか、と太郎が尋ねると、西は、自分は同じ空間に動くものがあると落ち着かないから他人とは暮らせないし、妙に律儀なところがあって住むつもりもない部屋を見に行って不動産屋の人を煩《わずら》わせてはいけないと思った、と言った。三十万円の家賃を払えるようには見えないだろうし、実際、以前少々予算オーバーの部屋を内見したらそこの大家のばあさんからあからさまにあんたが住むところではないと言われたことがあるんですよ、ははは―。

西は、駅から徒歩十五分、築三十一年「ビューパレス　サエキⅢ」の二階の部屋を内見に行った。契約は二年の定期借家で、不動産屋からは取り壊しの計画があると聞かされていたが、かまわないと即答した。そして、二月一日に引っ越してきた。

西は、東京に暮らして二十年になる。東京で引っ越したのは今回で四度目だ。幼い頃は、名古屋の臨海工業地帯に近い大規模な団地に住んでいた。北側と南側で市営住宅と公団住宅とに分かれていた。西は、十二号棟まであった市営住宅の真ん中あたりの棟、五階建ての四階に両親と弟と住んでいた。窓の外には、同じ五階建ての棟が並んでいた。団地と同時に造られた小学校に通う同級生の家に行っても、どこもほとんど同じような間取り。テレビや漫画で見る、家の中に階段や廊下のある家に、漠然とした憧れがあった。憧れ、は違うかもしれない。興味があった。家の中に階段や廊下のあるところに住むのは、どんな感じだろう、そんな家に住んでいるのは、どんな人だろう、と。住宅のチラシを集め、ノートに理想の家の外観や間取り図を描いて友達と見せ合った時期もあった。自分や家族の部屋を決めたり、それに基づいた会話を想像してみたり、ままごとの延長のような遊び方もした。

高校に入るときに静岡に引っ越した。前と違って四棟しかなかったが、そっくりな五階建ての四階だった。間取りもほとんど同じで、家具の配置を変えなくていいくらいだった。周辺の風景も、よく似ていた。海沿いに工場と物流センターがあり、高速道路が街を囲んでいた。埃っぽい道を大型トラックが行き交《か》い、その脇を自転車に乗って高校に通った。

西が、写真集「春の庭」に出会ったのは、高校三年の教室で昼休みだった。友人の一人が持って来た。誰だったかは思い出せない。まだ写真ブームではなかったが、当時人気のあった小説家や女優が賛辞を寄せていたし、カルチャー雑誌などにも取り上げられ一部で評判になった。だから、持って来たのはバンドをやっていた小林か、美大を目指していた中村の可能性が高いが、西が覚えているのは、昼休みに机をつきあわせて弁当を食べている最中だったことと、高橋の弁当に必ず入っていたプチトマトが写真集の上に転がった光景だった。

写真集「春の庭」は「牛島タロー」とその妻である「馬村かいこ」の共著で、

三分の二はCMディレクターだった牛島タローの、三分の一は小劇団の女優だった馬村かいこの撮影とされている。

当時、牛島タローは人気のCMをいくつも手がけており、インタビュー記事などもよく見かけた。まるでコンピューターグラフィックスで描いたように陶器や金属の質感で映し出される女優たちの姿や、緻密《ちみつ》に作りあげた無国籍ふうの世界で繰り広げられるドラマ仕立てのCMは目新しく、それを真似たものがいくつも作られるほどだったが、西はその気取った作風が好きではなかった。

しかし、牛島タローと馬村かいこがお互いを撮影し合った「春の庭」は、CMとは違う素朴なスナップショットを中心に構成されていた。西は、「春の庭」をとてもいい写真集だと思った。馬村かいこの無邪気な表情が好きだったし、彼女が逆立ちしたり側転したりと妙なポーズを取っているのもおもしろかった。なぜか庭先で歯を磨いていたり、フェルトでみかんを模したものを四つも握ったままこたつで眠っている写真もあった。

西は、二人が生活しているその家も、じっくり見た。それまで西が暮らしてきた規格品の部屋とは、まるで違っていた。特注らしいステンドグラスや欄間。階段の手すりも彫刻が施されている。西洋ふうの縦に開く窓、縁側も庭も、テレビや漫画の中では知っているが、現実の西の生活の中では見慣れないものだった。それからなにより、全面に黄緑色のモザイクタイルが貼られた不思議な模様の風呂場が、気に入った。ガウディが造ったアパートの壁を思い出した。それほど趣味がいいとは思わなかったが、こんな風呂場を希望した人と、作った人と、そして毎日この浴槽に入る人がいると思うと、なんだか笑えてくるのだった。

その写真集を眺めていたときに、結婚とか愛とかっていいのかもしれない、と初めて思った。写真の中の牛島タローと馬村かいこは、満ち足りて見えた。愛する人とともに暮らすことは楽しそうだ、とあのときほど感じたことはない。西は、その半年後に東京の大学に進学し、入学式で隣り合った女子に誘われて写真部に入った。部室の本棚にもあった「春の庭」をよく眺めた。自分では買わなかったのは、カメラやフィルムに金がかかったし、部室に行けばいつでもあったからだった。写真は、大学を卒業して暗室を使えなくなってからほとんど撮らなくなった。暗室で現像液につけた印画紙に過去の風景が浮かび上がる瞬間がいちばん好きだったので、それを味わえなければ自分にとっては写真はあまり意味のないものだった。

大学進学を機に移った東京で、最初に一人で住んだのは郊外の古いアパートだった。大家の家の敷地内に建っていた。二階の窓からは、広い庭の木々がよく見えた。海棠が咲き、欅《けやき》が芽吹き、紫陽花《あじさい》の色が移ろって百日紅が三か月も花を散らし続け、金木犀《きんもくせい》が香り、紅葉した葉が落ち、そしてまだ寒い二月に、漂う香りに視線を移すと紅梅が咲いていて、白木蓮《はくもくれん》の大きな花びらが開いた。海棠と白木蓮が特に美しかった。

それまでは木は、道路か公園、あるいは遠くの山にあるものだと思っていたので、家の中に季節があることに驚いた。しかも、その庭は表通りから見えなかったので、大家一家とアパートの住人だけが知る季節だった。ただ古びていくだけの物体ではなく、成長し花が咲き、冬には枯れたようになった枝にまた芽が吹く生命がある。西は生き物を飼った経験もなかったので、自分が生活する空間の中に自分の意思とは関係なく生きているものが存在することが、驚異だった。

残念ながらそのアパートは、西が出たあとで火事で焼けてしまった。幸いにけが人はなかった。そのときの大家の家は、現在の「ビューパレス　サエキⅢ」の大家の家によく似ている。だから、今のアパートに住んだのは偶然ではない気がする。

今ではどこの書店を探しても売っていない「春の庭」は、牛島タローと馬村かいこの共著となっているが、どの写真も、どちらが撮ったものなのかは記載がなかった。二人とも、写真集を出したのはこの一冊きりである。「春の庭」が出版されてから二年後、彼らは離婚した。牛島タローは美術作家に転向してベルリンへ移住（当時のインタビューで離婚に触れていた）。時折ではあるが最近でも日本で行われる美術イベントの告知に名前を見ることがある。馬村かいこは、役者をやめたらしい。もともと所属していた小劇団の中でも三番手の女優でたまに映画に端役で出る程度だったので、その後の消息は伝わってこない。

何度見ても、写真集の中のあの家はどこも変わらなかった。南向きの広い居間は現在はフローリングだが、写真集の中では畳の続き間まで深く日光が差し込み、その真ん中で馬村かいこが逆立ちをしている。壁にもたれてもいないのに、足先までぴんと伸びている。馬村かいこは運動神経が抜群だったらしく、劇団の公演でもバック宙や殺陣《たて》などを披露していたと、それは大学時代に演劇好きの友人に聞いたことがあった。

縁側には大きな鳥籠がかけてあり、逆光でピントも合っていないからはっきりと見えないが、オウムかインコの類が中にいる。離婚したならこの鳥はどちらが引き取ったのか。馬村かいこに違いない、と西は思った。きっと、名前をつけたのもかいこだ。ウィンストン・チャーチルが飼っていたオウムがまだ生きているとインターネットの記事で見たことがあるから、馬村かいこもどこかでこの鳥を飼い続けているかもしれない。

西が越してきた二月初旬、大家の家の木々のほとんどは葉が落ちていた。しかし、冷たい空気の中で鳥はよくやってきた。ヒヨドリ、キジバト、スズメ、シジュウカラ、オナガ……。電子辞書の鳥図鑑で写真と鳴き声から確認した。ヒヨドリの鳴き声は「やかましい」などと形容されているが、日本列島とその周辺にしかいない世界的に見れば希少な鳥なのだと野鳥のガイドブックに書いてあった。

西は、「辰」室のベランダに出ては、大家の庭に季節が進むにつれて出現する植物やブロック塀の上を歩いていく猫や、屋根や窓や、蝶なんかをクロッキー帳に描くことにした。

西は、漫画やイラストを描くことを仕事にしていた。大学卒業後は、広告代理店の下請け会社で働いていたが、当時から少しずつイラストの仕事を始め、五年前に雑誌で漫画の連載を持ったのを機に勤めを辞めた。現在の主な仕事は就職情報サイトと料理雑誌のサイトで投稿されたエピソードを元に漫画にするのと、単発で雑誌や広告にイラストも描いている。自身のウェブサイトで不定期に更新しているのは、故事成語や中国の昔話を元にした掌編である。

それを単行本にまとめないかと連絡してきた編集者と三月に会った際、その編集者がある写真集を企画したが今どき写真集は売れないと却下されたと話したので、西は、「春の庭」のことを話してみた。しかし、まだ二十代半ばのその男性編集者は「春の庭」も牛島タローも馬村かいこも知らなかったし、それほど関心は示さなかった。

数日後、その編集者は、女性の上司との会話に困って、そういえば上司がもとは演劇や美術系の分野で仕事をしていたのを思い出して牛島タローとか馬村かいことかって知ってますか、と聞いた。上司は情報誌の担当をしていたころ、馬村かいこに何度か取材をしていた。劇団の打ち上げに参加したこともあり、その縁で牛島タローとの離婚後に馬村かいこが作ったイラストエッセイ集をもらった、と、懐かしそうに話した。シンクロニシティだと興奮した編集者が、西が馬村の大ファンである、といい加減な情報を伝えると、上司はシンクロニシティという言葉の使い方が間違っていると思ったものの、今ひとつつかみ所がなくて扱いに困っていた中途入社の部下がめずらしく自分の話を感心して聞いていることに気をよくして、馬村かいこのイラストエッセイ集を探して持って来た。後日、緩衝《かんしょう》材《ざい》入りの封筒で、それは西に届けられた。

Ａ４サイズの紙を半分に折ってホッチキスで綴じてあるそれは、イラスト集というよりは手作りのフリーペーパーのようなものだった。十八ページの、印刷ではなくカラーコピー。色鉛筆で、切手ほどの小さな絵がランダムに載っていた。赤蜻蛉のステンドグラス、籐椅子、縁側、食器。どうやら、あの家の一部分やそこで使っていたもののようだった。落書きみたいな絵だが、線は正確に形をとらえていた。絵の隙間に、細かな文字が並んでいた。「木造の家って、さみー」「縁がわに毛虫。虫はきらい」「なんでとんぼ柄？　虫はきらい」「畳の縁。一階と二階は模様が違う。なにかわからない模様は、ちいさいときの記憶が帰ってくる」

「窓はすき。ガラスが少しだけゆがんでて、外の空気もゆがんで見える。光が曲がってる。光の速さが変わる」「ねむい」「湯飲みが割れた。片付けないといけないと思うと悲しくなったから片付けなかった」。ほとんど独り言かメモ書きで、そこには牛島タローのことはまったく出てこなかったし、馬村かいこのたとえば公演のことや友人関係も書かれていなかった。あの家の断片と、それにまつわる思いつきが添えられているだけだった。

絵がうまい、と西は感じ入った。言葉は特別おもしろいというわけではないが、あの写真集の中の馬村かいこがいかにも言いそうだと思った。写真に吹き出しをつけてこれらの言葉を入れてみたらぴったりではないかと、コピーして切り抜き、写真集の上に置いてみた。

数日後、やはりその編集者経由で馬村かいこが現在はヨガ教室をしているという情報がもたらされた。上司が調べてくれたらしい。メールには、そのヨガ教室のサイトのアドレスも掲載されていた。ヨガ教室なら、自分も行って馬村かいこ本人に会うことができるかもしれない。西は、期待と多少の緊張を感じながらそのリンクをクリックした。

表示されたサイトは、シンプルでセンスのよい構成だった。トップページには、新緑の林の中でヨガのポーズを取る女の画像がおかれていた。横顔のうえ逆光だったので、表情はよく見えない。スクロールして住所を確かめると、山梨県の避暑地だった。「インストラクター」の文字をクリックすると、女の顔写真が現れた。「沢田明日香」。どうやらそれが馬村かいこの本名らしい。

美人、とまず思った。長い黒髪を一つに束ね、ポーズを取っている「沢田明日香」は、たしかに馬村かいこの面影があった。切れ長の目と大きな口。背中を反《そ》らせている姿勢も、「春の庭」の写真に写っていたアクロバティックなポーズに通じる。

しかし、西にはその人物は、「馬村かいこ」とは違うとしか思えなかった。「自然のパワー」「浄化」「改善」などやけに健康的な単語が並ぶ「メッセージ」は、写真集で笑う馬村かいことも、イラストとつぶやきを描いた馬村かいことも、結びつかなかった。ブログをさかのぼったが、見れば見るほど西の中で「沢田明日香」と「馬村かいこ」は離れていった。

サイトを閉じ、「春の庭」を開くと、「馬村かいこ」がいたので安堵《あんど》した。ベランダに出ると、水色の家も変わらずに日を浴びていた。

あの家の中には、馬村かいこが描いた窓や階段はまだ残っている。そう思うと、一度でいいからそれを確かめたいという気持ちが湧いてきた。

一日二度はあの家の前を通り、「辰」室のベランダから眺めた。二月の半ばに賃貸サイトからは情報が削除されたのに誰も引っ越してくる様子がないから、なにかの事情で賃貸に出すのをやめたのだろうか、と推測していた。

悔やむべきは、それで油断していたのか、あの家に新しい住人が引っ越してきた日に留守にしていたことである。三月の終わり、西は千葉に住んでいる母親に会うため、二日ほど家を空けた。翌日、午前の巡回に出かけたとき、あの家の前に水色の軽自動車、門の内側には三輪車があるのを見て、西は心底驚いた。門に近づくと「森尾」という表札まですでに取り付けられ、見上げると、二階の窓には白いブラインドが降りていた。

違う、と西はまず思った。

「春の庭」の写真と、違う。カーテンがあったはずの窓にブラインドがあり、玄関脇に三輪車や自転車や子供の遊び道具が当然のように置かれ、今風の書体の表札がついている。

体の中がざわめいて落ち着かず、部屋に戻ってもほとんど仕事はできなかった。一時間ごとに家の前を通り、午後一時頃にはいなくなっていた軽自動車が、午後四時頃に戻ってきたところに遭遇した。電柱に隠れて見ていると、若い母親とその子供二人という組み合わせが降りてきた。小学校に上がる前くらいの男の子と、母親に抱きかかえられた女の子だった。

本当に誰かがそこで生活を始めたことに、西は驚き、当惑した。当初は、写真の中と家が変わってしまうことへの危惧《きぐ》かと思っていたが、わずかな時間で「森尾さん一家」に馴染《なじ》んでいくあの家の前を行ったり来たりして一週間ほど経ったころには、どうやらそうではないらしい、と自分でも気づき始めた。

空き家であるときは停止していた時間が、動いていた。家の中に誰もいなかった一週間前と、建物自体はまったく同じなのに、その場所の気配や色合いが一変していた。人がその中で生活しているというだけでなく、急に、家自体が生き返ったみたいだった。写真の中と同じくいつまでも眺めていられると思い込んでいた家が、意思をもって動き始めたように感じた。大げさかもしれないが、人形が人間になったような生々しさがあった。家の前を通るたび、ポストからはみ出した封筒やベランダに干されたシーツが目に入るたび、西は体の内側を撫《な》でられたような感触を覚えた。

以来、何度か「森尾」家の人たちを見かけた。子供は二人ともスクールバスで幼稚園に通っている。父親は毎日帰宅が遅いようだが、一度だけ目撃した。黒いスーツの似合う背の高い男だった。

空き家だったときよりもいっそうあの家を近しく感じると同時に、他人の家になって入ってはいけない場所になった。入れないのだと思うと、入ってみたくなった。

森尾さんと知り合いになることができれば家の中に入れるんじゃないか、どこかで知り合いになれないかと考えているが、行動範囲や生活形態が違いすぎる。なにかいい方法はないだろうか。

それだけ話すあいだに、西は生ビール中ジョッキを七杯飲み、トイレに二度行った。太郎は、最初の一杯はビールで、そのあとはウーロン茶にしていた。離婚してから、ビール一杯しか飲まないことに決めて、三年間それを守ってきた。

今でもときどき、父親が酔って部屋の中で足がもつれて倒れた姿が太郎の脳裏に浮かぶ。ビールしか飲まなかった父が、焼酎も飲むようになり、さらにそれが二杯、三杯と増えていったのはいつからだったか。もっと生きていれば、酒量はさらに増えたに違いない。

西は八杯目のビールを一口飲み、黒縁眼鏡の奥から、太郎の顔をじっと見た。

「ずっと気になってたんですけど」

酔っている人間の目だ、と太郎は思った。

「ネズミとかウシはどこにあるんでしょうね」

「ねずみ？」

「部屋の名前ですよ。『辰』から始まってて、最初の四つが足りないじゃないですか。ビューパレス　サエキにⅠとⅡがあったんだと思うんですけど」

「順当に考えればそうでしょうね」

「近所はかなり歩き回ったし不動産屋さんにも聞いてみたんですけど思い当たらないって」

「もう取り壊されたんじゃないですか？」

「やっぱりそう思います？　でも、子《ね》、丑《うし》、寅《とら》、卯《う》で四つじゃないですか？　二部屋ずつのアパートってあんまりないですよね。他の名前だったんですかね。それとも、なにか隠された意味があるとか」

「よくわかりません」

太郎はウーロン茶のグラスを持ち上げたが、もう氷だけになっていた。唐揚げは、確かにうまかった。どちらかというと蛸より鶏のほうが太郎は好きだった。

「すいません、緊張しちゃうととにかくしゃべってごまかしちゃうんですよー」

西は、へらへら笑いながら八杯目のビールを飲み干した。その横顔を眺めて、太郎は言った。

「西さん、うちの姉と同い年だと思います」

「へえー。わたしも弟いますよ、いっこ下。お姉さんは、なにしてるんですか」

「名古屋で、専門学校でなんか教えてます」

「えー、名古屋。どこ住んでるんですか」

「どこだっけ。忘れました」

「今度聞いといてくださいよ。顔は似てますか？」

「あんまり言われないですね。五つ離れてるし。年に一回海外旅行に行くために働いてるみたいな感じで、こないだも、えーっと、どっかメキシコの遺跡に」

「えー、話聞いてみたい。東京来たりしないんですか」

「全然。三年ぐらい会ってないです」

「ええええー、三年も」

「そんなもんですよ。たまにメールはしますけど」

「そうかー、そうですかー、いやー、そうですかねー」

酔いも手伝ってか、西は急に気安い態度になった。これ以上関心を持たれるのも面倒だと思い、太郎は、自分の名前があの水色の家に住んでいた男と同じことも、西と同じような市営住宅の団地で育ったことも言わなかった。五階建てではなく、建設された当時は最先端だった十五階建ての十三階。ベランダに面した窓際に二段ベッドを置き、太郎が小学校に上がってからは、下段を姉、上段を太郎が使った。毎晩、眠る前にその二段ベッドの上から街を眺めた。運河にかかる橋、鉄骨がむき出しの工場とごみ焼却場の煙突。それらに取り付けられた赤いライトが明滅する三回分に呼吸を合わせていると、眠くなった。そうすれば眠くなることは、姉に教えてもらった。

計算を間違えたのではないかと思うほど安い会計は、約束通り西が全額払った。居酒屋を出たあと、西は友人の家で行われている飲み会に途中参加するのだと言って、駅へ向かった。太郎はいちおう、改札のところまでついて行った。別れ際、西は布袋からさっきの写真集を取り出した。そして、写真集は二冊に分かれた。正確には、同じものが二冊重なっており、西は片方を太郎に差し出した。

「これ、焦って二冊買っちゃったんで、一冊差し上げます」

太郎は受け取った「春の庭」をむき出しのまま手に持って、「ビューパレスサエキⅢ」に向かって二時間前に来た道を逆向きにたどった。ささやかな商店街が途切れると、住宅街は暗く、すれ違う人もいなかった。

一人で静かな道を歩いていると、今暮らしているこの街の風景と、記憶にある生まれ育った街の風景とが、建物の規模や隙間との関係も人の密度もあまりにも違うので、記憶の中の街のほうが遠く、他人のもののように思えた。テレビか映画で見た風景を自分のものだと勘違いしている、もしくは、あの団地の千もある部屋のどこかに住んでいた誰かが見た風景が、なにかの拍子に自分の意識に入り込んでしまった、そんなふうに感じることさえあった。

翌朝、玄関ドアを開けると、紙袋が置いてあった。中には二十センチ四方の箱と「知人の雑貨店が閉店したのでもらった在庫です。鳩時計です。お礼に差し上げます　西」と緑色のインクで書かれたメモが入っていた。太郎は、一時間ごとに鳴かれるなんてうるさいと思い、箱の蓋を開けて木製の上部を確認しただけで取り出さずに、押し入れに突っ込んだ。

太郎は、少しだけ迂回することになるが「森尾さん」宅の側を通って出勤するようになった。

森尾さん宅の駐車場には、軽自動車の他にドイツの高級車が停まっていることがたまにある。夫のほうが仕事に出かけるのに使っているらしい、と、西から聞いていた。濃紺の、あまり見かけないボディカラーだった。壁と軽自動車は水色だし、青が好きなのだと判断した。

ときどき、子供らしき甲高い声が聞こえることがあるが、彼らの姿はまだ一度も見たことはなかった。日に何度も前を行ったり来たりしている西はそのうちに、いや、すでに不審者として認識されているかもしれない。

数日経つと、森尾さん宅だけでなく、通勤路上の他の家もじっくり見るようになった。

近所は、「高級住宅地」と呼ばれる街だが、通りを境に階層がくっきり分かれているわけではない。駅から離れたあたりは大きな家や低層の高級マンションが多く、駅に近づくにつれワンルームマンションや細長い家、雑居ビルなどが増えるグラデーションはあるにしろ、監視カメラがいくつもある大きな家の隣に「ビューパレス　サエキⅢ」より古くて狭いアパートがあり、駅前の商店街の路地の奥に昔からの地主らしい立派な門構えの家がある。

時間を経た建物も新築も、豪華設備のマンションも傷みが目立つアパートも、隣り合わせ、入り交じっていた。有名人が住む家もあれば、部屋探しをした際には風呂なしアパートもいくつか検索にひっかかった。

一つ一つの建物にはそれを建てた人の理想なり願望なりがあったのだろうが、街全体としてはまとまりも方向性もなく、それぞれの思いつきや場当たり的な事情が集積し、さらにその細部がばらばらに成長していった結果がこの風景なのだと思うと、太郎は気が楽になった。その片隅で自分一人くらい畳に転がって昼寝して休日が終わってもいいだろうという気持ちになった。

それに、空き家に対して、なんというか、目ざとくなった。西が言っていたように、空き家は人が住んでいる家とは根本的に違う空気に覆われていた。きれいに手入れされて一見留守をしているだけに見える家でも、すぐに空き家だとわかった。あらゆる種類の空き家、空き部屋があった。高架を走る電車からは、同じ高さのマンションやオフィスビルの一室が見通せた。

人の住んでいない家が多いのは、とても奇妙なことに思えた。東京から離れた場所では、あっちでもこっちでも街は昔の活気を失って大きな駅前でもシャッター通りはいくらでもあり、太郎の実家近くの商店街は昼間も暗い。しかし、街全体が退潮にある中の空き家と比べると、いまだに日本中から人口の流入が続いて家賃も信じがたいほど高い街の中にある空き家は、うらさびしさも深刻さもあまり感じられず、ただひっそりと開いている空洞に思えた。そこらじゅうで巨大なビルやマンションの建設が続いているのに、内側には空洞がたくさんある。買ったまましばらく放置して中に隙間がたくさんできた大根を連想した。しかし空き家は埋まるし建物は壊してまた新しいのが建つから大根とは違うと思い直し、スポンジや穴あきチーズなども思い浮かべてみたが、うまい喩《たと》えにはたどり着かなかった。

どこかの家に、こっそり入り込んで生活していても気づかれないのではないか。インフラが停まっているだろうが、「震災時井戸水提供の家」という表示板がついている家もある。水さえあればなんとか生きていける。などと、実行するつもりのないことまで考えてもみた。

駅から続く商店街の裏手、通勤ルート一の脇道に、ひときわ庭の広い空き家があった。門のすぐ内側に停めてある小型車は何年も動かした形跡がなく、床が抜けているのか車内にも雑草が伸びていた。常緑樹は伸びすぎて電線を覆い、さらに道を挟んだ家にもかかろうとしていた。板塀の破れた隙間から、平屋の縁側が見えた。雨戸はなく、ガラス戸と重ねて障子が閉まっていた。障子越しにある程度光が入って、部屋はきっと真っ暗ではないだろう。畳は黴《か》びている。錆《さ》びた自動車や物干し竿と同じく、いくつかの家財道具は残されたまま。真っ暗な夜とほの暗い昼がひたすら繰り返される。通気口から入り込んだ鼠《ねずみ》の足音が、ときおり響く。その想像は、なぜか鮮明だった。見たことがある部屋と同じ、詳細な光景だった。

ある日、そこは更地になっていた。一週間ほど前には変わりなかったはずだが、忽然《こつぜん》となくなっていた。伸びすぎた木も平屋も、小型車も雑草もなく、太郎は最初、そこに何があったか思い出せなかった。

その斜め向かいにも、更地が発生していた。そこはどんな建物だったか、結局思い出せずじまいだった。ずっと空き地だった場所で工事が始まったところもあった。解体や建築主を知らせる看板が、急に目につくようになった。

自分の住むアパートも来年か再来年にはあの看板が出るのだと、その光景を思い浮かべた。隣もその隣も次に誰も来る予定のない空き部屋は、一応の清掃はしてあったが、修繕などはされていない。窓から覗いた隣の、薄暗い空間の奥で破れたふすまが開いたままになっている押し入れを思い出すと、太郎は急に、引っ越し先をそろそろ考えたほうがいいのだろうか、と気がかりになった。

西は、先日の飲み過ぎとしゃべりすぎを反省したのか、顔を合わせると妙に愛想よく挨拶はするが、どこかよそよそしく、部屋を訪ねてくることも向こうから話しかけてくることもなかった。

太郎が帰宅するときには、路地からよく見える「辰」室にいつも明かりがついていたが、ベランダにその姿を見つけることはなかった。たまに巳さんが、太郎の部屋を窺うように頭を出していることがあった。


六月の半ばから、雨はそんなに降らなかったが、曇りの日が続いた。

毎日、低いところを雲がぺったりと覆っていた。太郎は、空の青いところが見えない曇りや雨の日には、雲の上にいる自分を想像することはない。その代わり、雲の上に空があることも想像できなくなった。雲の向こうには、青い空はなく、かといって暗い宇宙でもなく、ただなにもない透明な空間が広がっている。

初めて飛行機に乗ったとき、その日は雨で、飛び立った飛行機がドライアイスの煙のような白い中を抜けて雲の上に出た。真っ青な空を見て、太郎は心底驚いた。自分が存在していると思っていた世界とは別の世界に移動してしまったのではないかと不安になった。しかし、ガラスが二重になった窓から見下ろした真っ白い雲の上側は、強烈な明るさも圧倒的な雲の量感と広さも太郎が何度も想像した通りだった。一度も見たことがないものを、自分はなぜあんなに鮮明に知っていたのだろう、と太郎はいぶかった。雲の上を歩いている人の姿を、ずっと探し続けた。誰も見つけられなかった。二重のガラスのあいだに、雪の結晶のような霜が伸びていった。

そして雲の切れ間に出たとき、眼下には海と陸地が見えた。地図に描かれているのと同じ形の海岸線がそこにあった。頭の中にあった世界という場所と、自分が日々歩いているその地面が、同じ場所なのだと初めて実感を伴って結びついた。だから飛行機が好きになった。

父親は、一度も飛行機に乗らないまま死んだ。釣り以外の旅行にはめったに行かなかった。ニュース番組を見てはアメリカではこう、アメリカ政府ならこうする、と口癖のように言っていたが、アメリカも含めて外国には一度も行かずじまいだった。

母は今年の正月に三度目のハワイに行ったし、旅行好きの姉は確かニューヨークにもサンフランシスコにも行ったことがあったはずだが、太郎は旅行の準備が面倒だから、外国に行ったのは、元妻が希望した新婚旅行のイタリアの一度だけだ。ローマで見た市場の遺跡をいちばん覚えている。

仕事から帰って寝るまでに中途半端に時間があるとき、太郎は、「春の庭」を眺めてみた。ベランダから見えるあの家と、見比べてみることもあった。

しかし、写真を撮影し、かつ写真に写っているのが自分と同じ名前の男というだけで、特別に興味は湧かなかった。西は、馬村かいこの無邪気な表情がいいとか、二人の親密さが自然に伝わってくるとか、この家の独特の雰囲気と二人の関係が影響し合ってるとか言っていたが、太郎はあまりそうは感じなかった。

プライベートの、スナップショットの自然な表情、と言えばその通りなのだろうが、一冊分まとめて見ると自然すぎるように感じた。古ぼけた家具の趣味の良さも、ちょっと散らかったちゃぶ台も、すべてができすぎている。特に牛島タローは、どの写真も、表情豊かに見える表情で、無造作に見える髪型で、普段着に見える白いシャツを着て、何気なく振り向いたように見える角度で、写っていた。こういう、常に自分の姿がどう見えるかを第一に考えているような男は好きではない。結局はその感情が、素直に写真を見ることをじゃましているのかもしれなかった。

それでも、写真集の中の部屋が塀の向こうのあの水色の壁の中にあるのだと想像すると、西がそれを確かめてみたいと思うことくらいは、なんとなく理解できた。

最後に近いページに、牛島タローが庭にいる写真があった。庭の右側、梅と松の手前を掘っているところだ。庭いじりをするのにも白いシャツを着ているが、この写真のタローだけは、カメラよりも穴を掘ることに気を取られているように、太郎には見えた。穴は、直径一メートル、深さは二、三十センチ。他の写真と見比べると庭の低木が違っているものがあるから、植え替え作業をしていると推測された。

洗濯物を干すついでに、あの家のほうを眺めてみたが、庭までは見えなかった。大家の敷地は木も蔦もますます伸び放題で、ブロック塀を越した楓の枝が太郎の部屋のベランダにまで迫ってきていた。何羽かのカラスが鳴き合っていた。会話をしているようだった。太郎は、沼津が庭にチーターを埋めた話を思い出した。

牛島タローが掘っているのはなにかを埋めるための穴にも見える。あの鳥籠の中の鳥。写真は時系列に並んでいるのではないから、鳥はいつか死んでしまったかもしれない。いや、鳥を埋めるにしては穴が大きすぎるか。

太郎は、足のかゆみに気づいた。この夏初めて蚊に刺された。

六月の終わりの土曜日、雨が降っていたがすぐに食べられるものがないのでコンビニへでも行こうかと太郎が部屋を出ると、アパートの外階段の前に巳さんと西がいた。

階段脇に植わっている木の枝の先を指さし、なにか話し合っていた。

太郎には名前はわからないが、細い枝に明るい緑の葉がついている。一昨年の初夏、この木に白い小さな花がたくさんぶらさがっているのを初めて見たときは、木にもこんなにかわいい花がつくのがあるのかと感心した。今年も少し前には白い小さな花がついていたのは覚えている。そのあと、枝の先に房のようなものができたが、花に似合わない妙な形の実だし、去年までは見た覚えがなかった。その妙な部分を、巳さんと西は指しているようである。

「なんですか」

「虫こぶです」

巳さんが答えた。

「なんですか」

「エゴノネコアシフシです。エゴノキにアブラムシが寄生して芽が変形したものです。あの中で幼虫が育つんです。猫の足に似ているからネコアシです」

「モンキーバナナっぽいと思ってましたけど。どちらかというと化け猫のしっぽですよね。九本あるっていう」

「それは狐でしょう。猫又は二本ですよ」

今度は西が、なぜか自慢げに笑った。巳さんが、また太郎の懐に入り込むように見上げて言った。

「狐はいないけど、狸ならいます。知ってますか？　世田谷線に住んでるんです、親子なんです。なに食べてるのかしら！　似てるけどアライグマじゃないんです」

目が輝いていた。巳さんが道端で猫に話しかけているのを何度か見かけたことがあるので、動物好きなんだろう、と太郎は思った。

「東京って、大自然ですよね」

太郎が言うと、巳さんの目はますます輝いた。そのうしろで、西はだまってうなずいていた。

夜、太郎が部屋でコンビニで買った塩焼きそばを食べていると、巳さんが、植物図鑑と野鳥図鑑と動物図鑑を持って来た。きっと役に立つと思う、と押しつけるようにして太郎に渡した。

太郎は、ふと思い立って、巳さんに、あの水色の家には前にどんな人が住んでいたか聞いてみた。そして巳さんがこのアパートに住んで十七年になることを初めて知った。巳さんが引っ越してきたときには、あの家には牛島タローと馬村かいこはもう住んでいなかった。アメリカ人の夫婦が十年ほど、そのあと夫婦と中高生の兄弟とが五年ほど住んでいたと巳さんは記憶していた。夫婦と中高生の兄弟というのは、太郎も見かけたことがあると思ったが、はっきりとは覚えていなかった。

巳さんは、アメリカ人の夫婦とも多少の交流があったそうだ。夫が航空機関係の仕事で日本にいるらしかった。妻のほうは庭の手入れをよくしており、その当時はあった玄関前の植栽のところでときどき出くわした。日本語はほとんどわからなかったが愛想はよく、コンニチハ、と声をかけられたので、巳さんもその好意に応えなければとしばらく立ち話をしてニール・ヤングが好きだ、わたしは彼と同い年だ、となんとか英語で伝えた。巳さんは三回ほど夫妻に食事に招かれた。リビングの大きなステレオでニール・ヤングをかけてくれた。そのときすでに床はフローリングになっていたが、まだ庭に松の木はあったし、台所も改装されていなかった。先日それを聞いた西は、巳さんを大変羨《うらや》ましがったそうだ。

ニール・ヤングも父と同い年なのか、と太郎は意外だったが、そもそもニール・ヤングの曲はほとんど知らなかった。玄関先で話し続ける巳さんの輝く目から視線を逸らしつつ、太郎は言った。

「うちの父なんて、ロックとかバンドとかうるさい音楽で汚い格好の若者みたいな紋切り型のイメージをずっと持ってて、おれがギター買ったときも怒ったくらいで。十八まで四国の山あいで暮らしてたから、同世代でも違うんですかね」

「わたしも東京とはいえ郊外だったから若い頃はご近所の人に不良娘だなんて言われました。懐かしいです。ビートルズの来日公演も行ったのが自慢です」

「へえ、すごいですね」

「お父様はお元気でらっしゃいますか？」

「いえ、他界してもう十年近くになります」

「そうですか。お若かったんですね。お気の毒に」

巳さんは、声を詰まらせ、目には涙が浮かんだ。会ったこともない人のことで、太郎とも特別親しいわけでもないのに、なぜ泣くのだろう、と太郎はどちらかというと好奇心で巳さんを眺めた。

巳さんは、そのあともしばらく玄関先で思い出話を続けた。生まれは現在は西東京市となった田無《たなし》、数年前まで服飾の専門学校で縫製を教えていた、ビートルズの武道館公演に行った、ニール・ヤングはアメリカでの公演も見に行った、ニール・ヤングはカナダ人である、ついでに、大家さんは昔からの地主さんで今介護施設にいるおばあちゃんが嫁に来た頃は線路のほうまでずっと佐伯家の畑だった（誇張ではないかと巳さんは考えている）、亡くなったその夫は中学校の校長をしていた、「亥」室は太郎の前には中国人の女子留学生が住んでいた、ということが、その日太郎が新しく得た情報だった。

釧路の一人娘と結婚した沼津が、妻と倶知安《くっちゃん》町に移住して宿泊施設で働くため、六月末で退社した。

妻の実家の近くで暮らすのか、と太郎が言うと、釧路と倶知安は四百キロ近く離れていて車で七時間はかかる、東京と大阪みたいなもんだと沼津に笑われ、つい先日まで北海道のことなどなにも知らなかった沼津に偉そうにされたことが釈然としなかった。沼津の最後の出勤の日、太郎は前に西からもらって押し入れに突っ込んだままだった鳩時計を引越祝いとしてプレゼントした。

蒸し暑くなって、ベランダに面した窓を開けておくことが増えた。網戸は端がほつれているうえにレールから外れやすくなっていた。隙間が開いていたので直そうとしたら、危惧した通り網戸は外側に外れてしまった。面倒になってもう外したままにしておこうかと迷っていたら、ふと、レールの右隅に丸い石のようなものが挟まっているのに気づいた。しゃがんでよく見ると、壺だった。一、二センチ、指の先ほどの大きさの、まん丸い壺。

太郎は懐中電灯を持ってきて、それを照らしてみた。どう見ても、壺のミニチュアである。上部が徳利の首状になっている。ろくろを回して作ったように均等で、精巧な形。灰色。恐る恐る触ってみると、硬い。セメントのようだった。まったく見たことのないものだったが、虫の卵か巣だろう、とは予想がついた。少々気味悪く思いながら、そっと窓を閉めると、その小さな壺は、右側のサッシのレールの外側で、左側のサッシを全開にしても少しだけ残る隙間の部分に、ちょうど収まっていた。

巳さんが置いていった図鑑の中には、残念ながら昆虫図鑑はなかった。スマートフォンで、「壺」「虫」「巣」などと入力して検索してみると、サッシにくっついているのとそっくりな物体の画像がいくつも表示された。トックリバチ、という蜂の巣だった。中に卵を産みつけ、餌になるほかの虫の幼虫をいっしょに入れて蓋をする。卵一個につき、巣を一つずつ作ると書いてあったから、ほかにもあるのではないかとベランダと小窓の枠も見てみたが、見つけられなかった。

卵からかえった幼虫が成虫になると蓋を壊して出てくる、と解説してあった。太郎が見つけた「徳利」は、蓋が開いていた。もう巣立ったあとだ。サッシを少し開き、もう一度懐中電灯で照らしてみた。徳利の首の奥は真っ暗で、なにも見えなかった。小さな闇は、どこまでも深く、底がないように思えた。

ついでに「エゴノネコアシフシ」も検索してみたが、詳細な解説のあるサイトには小さな虫がびっしり重なり合っている画像が並んでいたので気持ち悪くなって閉じてしまった。

沼津から引き継いだ仕事と、代わりに入って来たアルバイトに教える仕事とが重なり、夏の間、太郎は忙しかった。暑い夏で、太郎は営業先に行くたびに、日射しと密集した人間の体温に体力を吸い取られた。乗り換えの新宿駅は、通路の工事が終わったと思ったらまた別の通路で工事が始まっていた。太郎が最初に勤めた店の研修で東京に初めて来た十三年前も、この駅はどこかで工事をしていたし、以来、常にどこかが、数年前からはそこら中が、工事中だった。工事は終わらないのだろう、と太郎は思った。工事が終わるのは、駅が使われなくなったあとだ。夜遅くに帰り、窓を閉め切ってエアコンをつけた部屋で寝るだけの日が続いた。エアコンは十年以上前の型で、音ばかりがんばっているが効き過ぎて寒くなるかあまり温度が下がらないかのどちらかで、ほどよい室温にはなってくれなかった。いずれ、あと一、二年のことだと自身の行く末を知っているかのように投げやりな働き方だった。冷蔵庫の妙な音も、頻度が上がった。バイクのエンジンを吹かすのに似た、どるるんという音で目が覚めることもあった。

たまに、巳さんが土産物だとか頂き物だとか言って食べ物のお裾分けを持って来た。お返しに、と太郎は同僚からもらった海外土産の非常に甘い菓子を持って、巳さんの部屋を訪ねてみた。二階に上がること自体、それが初めてだった。

玄関から覗いただけだが、巳さんの部屋は家具も物も少なかった。台所に食器棚、和室に座卓があるきりで、テレビも見当たらなかった。太郎の部屋よりもだいぶ広々として見えるその空間は、巳さんの服装や話し方からなんとなく想像していたのとは、違っていた。片付いていること自体は意外ではなかったし、下駄箱の上には紫色の花が生けてあり、座布団や座卓に敷かれた布は紺やえび茶の古布で服と共通していた。しかし、すっきり整っているというよりは、あるべきものがない、という印象を太郎は受けた。まるで旅館の部屋かモデルルームのように、生活のにおいに乏しかった。

すでに空き家に似てる、と頭に浮かんだのを、太郎は慌てて打ち消した。上がってお茶でも、と巳さんは言ったが、太郎はすぐに断って部屋に戻り、そうすると自分が取った態度に少々後悔を覚えた。

西には一度、会社帰りに駅前のコンビニで出くわした。アパートまで並んで歩くまに、巳さんの部屋が片付いていたという話をすると、西は自分の部屋は物が多すぎて引っ越して日が浅いのにすでに収拾《しゅうしゅう》がつかないから見習いたいと言った。

ずっと独り身なんですかね、と太郎が言うと、巳さんは一度結婚したが、嫁ぎ先がいわゆる旧家というやつで姑《しゅうとめ》さんにいびられ、追い出された、当時二歳だった男の子も置いてくるしかなかったらしい、と西は話した。ニール・ヤングの話も、あの家に住んでいた歴代の住人のことも、太郎より詳しく聞いているようだった。

アパートの手前まで来て、西から、部屋のシーリングライトの蛍光灯を替えたいのだが、背が低いからぎりぎり手が届く程度でなかなか外れないから手伝ってくれないか、と頼まれた。

西の部屋は自己申告の通り、玄関も台所も和室も雑然としていた。どの面の壁も棚で埋められ、その一段一段に箱や本が詰められ、その隙間にさらに紙や小物が挟まっていた。

「こういうとき、男の人がいるって便利だなって思います。あと、瓶の蓋が開かないときとか、重い荷物運ぶときとか。ま、その何分かの間だけですけどね」

「最後のところ、言わなくてもいいですよ」

「ああ、つまらないこと言っちゃいましたね」

「こっちも、おもしろくない返答でした」

あの家と似た水色に塗られた本棚の上段に、一眼レフカメラが置いてあった。太郎は詳しくないが、古いものではあるだろう。カメラの上部が銀色で三角屋根みたいな形状をしている。水色の家の屋根と似た形だ、と太郎は思った。大きなレンズは蓋がついておらず、円筒の中は暗かった。トックリバチの巣の暗闇を連想した。ここに置いてから触ってもいないのか、カメラにもその周りにも埃が目立った。

ベランダ近くに置かれた机には、大型のモニタと白いパネル状の道具があった。その周囲は、漫画や雑誌やペンやマグカップなどで埋もれていた。

「今は、漫画もああいうので描くんですね」

「最初は手で、最近だとサインペンが多いかな、あとアクリルとか。それをスキャナーで取り込んで、細かいところを仕上げてって感じですかね」

「本、ないんですか。西さんの」

「いやー、いいですよ、そんな無理しなくても」

太郎は社交辞令ではなく単に興味で聞いたのだが、西は遠慮なのか本気で見られたくないのか、ペンネームさえも教えなかった。

作業は無事に終了し玄関で靴を履《は》きかけたら、今度お礼します、と西に言われたが、太郎は別にいいです、と答えた。部屋に戻ると冷蔵庫が、どるるん、と音を立てた。

ようやく涼しくなったのは九月の終わりで、太郎の仕事の状況が改善されたのは十月も半ばを過ぎた頃だった。

よく晴れた日曜の午後、太郎はベランダのサッシを開けた途端に、西の顔を見つけて驚いた。

水色の家の赤蜻蛉ステンドグラスが跳ね上げられて開いており、そこから西が頭を出していたのだ。階段の踊り場にある窓。「春の庭」で牛島タローが二眼レフを構えて立っていた場所だ。

「ええっ」

「ええっ」

太郎と西は、ほぼ同時に声を上げた。しかし西は、それほど驚いた表情ではなかった。西がものすごく驚くところも、怒ったりよろこんだりするところも、太郎は見たことがなかった。

「不法侵入はまずいでしょ」

「違います。森尾さんと、お友達になったんです」

西は声をひそめて言ったので、太郎は聞き取れなかった。

「にしさーん」

子供が呼ぶ声がした。男の子だろうか。

「はーい」

西は振り返って答え、窓を閉めた。

太郎はしばらく、いつもの位置に収まったステンドグラスを見つめていた。あの窓が開くとは知らなかった。

夜になって、西は太郎の部屋の呼び鈴《りん》を押した。

太郎と西は、五月に訪れた居酒屋で再び向かい合った。

太郎は、鶏の唐揚げと蛸の唐揚げを頼んだ。西は生ビール中ジョッキを飲み、あの家に入れるようになったいきさつを話した。

九月の半ばの、まだまだ蒸し暑い日のことだった。

日が暮れたあと、日課となっている巡回で森尾宅の前を通りかかると、路地で黒い塊が動いた。西は外を歩いているときはどこかに猫がいないかとなんとなく探しているので見つけた瞬間は猫だと思ったが、よく見るともっと大きかったし二本足で立っていた。道の真ん中で止まったが、また歩き出した。辻を自動車が通った。危ないと判断して西は、子供に近づいて声をかけた。

「ままは？」

振り返った子供ははっきりとそう言った。顔を確かめると、森尾さんちの女の子のほうである。子供の手をひいて、インターホンを鳴らした。返事がない。もう一度鳴らした。「ちょっとお待ちください」と慌てた声が聞こえ、玄関ドアが勢いよく開いて、母親が出てきた。

「あのー、お子さんが……」

西が言いかけると同時に、

「優菜《ゆうな》！」

と母親の声が響いた。途端に、女の子が大声を上げて泣き出した。

「わたしが連れ出したんじゃなくてですね、道に……」

西の弁明はまったく耳に入っていない様子で母親は子供を抱きしめた。それから西に何度も礼を言って頭を下げ、西も頭を下げ返し、親子は家に入っていった。

翌日の午前十時頃、森尾邸の前を通ると、二階のベランダで洗濯物を干していた森尾さんの妻が、西を見つけて呼び止めた。そして玄関に降りてきて、昨夜は慌てていてきちんとお礼もせずすみません、と詫びた。西は、自分は裏手のアパートに住んでいて、昨日はたまたま通りかかったのだと説明した。森尾さんの妻は、重ねて礼を述べた後、家でお茶でもいかがですか、と西に言った。

「ほんとうにいいんですか」

西は、彼女の顔をじっと見た。自分より、だいぶ年下だろう。人の良さそうな、警戒心のない笑みを浮かべている。

「もちろんです。さあ、どうぞ」

森尾さんの妻は、右手で家の内部を示した。西は、茨を象った門を入り、三段の階段を上った。

アイリス模様のステンドグラスは、間近で見ると分厚いガラスに光が乱反射してとても美しく、玄関から廊下の空気を複数の色に染めていた。

寝転べそうな広さの玄関で靴を脱ぎ、無垢板《むくいた》の廊下に上がった。森尾さんの妻が左側のドアを開けると、眩しくて一瞬めまいがした。通されたリビングは、想像していたよりも広く、明るかった。南から差し込む日射しが床に反射していた。

庭に向けて置かれた生成《きな》りの布製コーナーソファは、ベッドのように大きかった。西はそこに、夢の中で体が動かなくなったときのように自分の意志を感じずに腰をおろした。やわらかいソファに体が沈むと、ほとんど浮かんでいるみたいな感覚だった。すぐ前に置かれた楕円形のローテーブルの真ん中には、白い小さな花が生けてあった。

ほうじ茶と彼女の手作りだというオートミールクッキーがテーブルに並べられた。森尾さんの妻は、実和子と言った。長男は春輝《はるき》、長女は優菜。五歳になる長男が喘息《ぜんそく》の発作が続いていて、この数日はほとんど眠れず、昨日は長男のベッド脇でついうとうとしてしまい、その間に三歳の長女が外に出てしまったのだ、と実和子は話した。いつの間にか玄関の鍵に手が届くようになっていたなんて、と、心配や驚きを表情によく表した。色が白く、太ってはいないが全体に丸い印象の体型で、話しぶりもいたって素直な、周囲に安心感をもたらす人と、西は思った。西が家に招かれたそのとき、優菜は幼稚園に行っていたが春輝はずっと二階で休んでいた。西が、自分も子供の頃は喘息がひどかったから季節の変わり目のこの時期に悪くなるのはよくわかる、と言った。実和子は、目を見開いて上半身を乗り出し、自分は子供の頃から風邪もひかないほど丈夫で身近に喘息の人もいなかったので、どう対処していいのか不安だし、どれだけ苦しいのかわかってあげられないことがつらいのだ、と言った。あんなに小さい子が、と目に涙を溜めた。西は、実和子の話に相槌を打ち、参考になると思われる自分の症状や経験を話した。子供の頃の喘息は成長すると治ることが多い、わたしも中学に入る頃には発作はなくなった、と西が言うと、実和子は大きくうなずき、母親がしっかりしないとだめですよね、つらいのは春輝なんだから、と言った。

「ままー」

と声がして、二階から長男が降りてきた。パジャマを着ていたが、昼間は比較的元気なようだった。実和子に促され、春輝はこんにちは、と頭を下げた。

二言、三言会話はしたが、西は子供に接した経験がほとんどないので、対応に困り、近くにあった落書き帳を借りて動物や漫画のキャラクターを描いてみせると、春輝は大変によろこんだ。漫画家なのだと説明すると、実和子は、すごい、才能のある人はうらやましい、と目を輝かせた。実和子は、北海道の出身で、札幌の短大に在学中にアルバイトしていたホテルのレストランで出張に来ていた森尾さんと出会い、卒業後すぐに結婚して東京で暮らすことになった。そのため近くに友人もおらず家に閉じこもりがちだったようで、よかったらまた遊びにいらしてくださいと西に言った。

実和子は屈託がなく友人がすぐできそうなタイプだと西は思ったのだが、子供が通う私立幼稚園で会う他のお母さんたちは教育熱心で仲間意識も強く、情報通の人が多いので、気が引けると言う。情報通、という実和子の言葉に西が思わず笑ってしまうと、実和子は、変でしたか、と照れ笑いした。

夫がこの家をとても気に入って引っ越してきたのだが、新事業の担当になったばかりで忙しく土日も出勤が多いし、ご近所にも同世代の方がいなくて、と実和子はため込んでいたものが流れ出すような話しぶりだった。

そうなんですか、大変ですよね、このへん結構高齢化社会ですもんね、と言いながら、西は部屋を見回していた。

フローリングに真っ白い壁。「春の庭」の写真とは違って、賃貸情報サイトの写真と同じだった。

二十年前のこの部屋は、和室で、古道具屋にありそうな和簞笥が置かれていた。

今は、ローボードに五十インチのテレビ。象のいる欄間は、残っていた。縁側には籐椅子でなく、緑色で丸っこい形の一人用ソファが二つ並んでいた。その向こう、庭は、少し色あせた芝生に覆われ、塀際の左隅に百日紅、真ん中に海棠、右に梅が確認できた。二十年前の庭で目立っていた松と石灯籠はなかった。

白い壁には、子供の描いた絵が白いフレームに入れて飾られていた。赤いクレヨンで描かれた線は、魚にも花にも見えた。その下の飾り棚には、森尾夫妻の結婚式や子供たちがもっと小さかったころの写真が並んでいた。西は馬村かいこのイラストを思い出した。そこにも、写真立てがあった。確かあの中では、金魚の写真だった。

西の視線に気づいた実和子が、贅沢《ぜいたく》な悩みとはわかっているがこの家は自分と子供たちだけでいると広すぎるし立派過ぎて不安になる、わたしはもっと自然や季節を感じられるところで暮らすつもりだったのに、と困ったような笑みを浮かべて話した。ここに来る前は目黒のマンションに住んでいたが、東京の建物の密度や緑の少なさには未だに慣れない、小さいけどお庭があることがこの家でいちばん好きなところだ、とも言った。こんなに広い庭を「小さい」と言ったことに内心では驚きつつ、いいお庭ですよね、と西は言った。庭の木には小鳥がやってきて、低い枝、高い枝とせわしなく飛び回っていた。東京に来てすぐのころは家に一人でいる時間を持てあましてお菓子ばっかり作ってたんですけど、もう少し余裕ができたらプランターで野菜を育てたいな、と実和子は言った。それから壁の時計を見て、お引き留めしてしまってすみません、と慌てて立ち上がった。

西は、毎日でも森尾宅を訪れたかったが、厚かましく思われないためにはどれくらいの頻度、時間帯がいいか検討し、週に一、二度、お昼か幼稚園のバスが子供たちを送り届けたあとの夕方の二時間ほどにとどめた。

子供たちと遊んでいると、家のあちこちに入ることができた。門扉と同じく茨を模した階段の手すりはそのままだった。踊り場のステンドグラスは開くことがわかった。縦に開く窓の部屋はフローリングの子供部屋。二階のベランダに面した部屋は、二十年前と同じ和室のままだったが大きなリクライニングソファが置かれていた。

予想よりも室内は昔のままの部分が多かったが、そのどこもが「森尾さんの家」になっていた。写真の家だが、森尾さんの家。その二つの家が重なり合い、ずれている感覚が、居心地が悪いのかおもしろいのか整理がつかないまま、馬村かいこがイラストに描いていた細部を探し、写真と同じ空間でくつろいだ。少なくとも、リビングのソファで縁側越しに庭を眺めているとき、西は、気持ちが満たされた。傾いた日の光が座っている自分のところまで差し込み、鳥の声以外はほとんど音は聞こえない。縁側の床板は磨り減ってところどころ白っぽくなり、そこに流れた何十年と今過ぎていく午後の時間が重なり合って見えた。

森尾さんの夫は確かに不在がちで、一か月して初めて、帰宅したところに遭遇して挨拶した。妻の話し相手になってくださってありがとうございます、と腕を体の横に揃えて頭を下げた夫は、西と同い年だった。

先週は、また幼稚園を休んでいた春輝もつれて、実和子と三人で近所の公園に行った。幼稚園を休んだのに遊びに出ていることを気にしている春輝に、夜は苦しいけど昼間は元気なんだよね、と西が声をかけると、春輝はやっと笑顔でうなずいた。

近所の公園はさほど広くはないが、フェンスに囲まれたバスケットコートくらいの面積のグラウンド部分があり、西はゴムボールで春輝とゆっくりキャッチボールをした。春輝は筋がよく、徐々に距離をあけても西に向かってまっすぐにボールを投げてきた。球技が苦手な実和子は、西が投げても春輝が投げても、しきりに感嘆の声を上げた。

西は、四歳から十歳まで父親から野球の猛特訓を受けていた。団地内の公園で、毎朝六時からと、父の工場勤務が終わったあとの夕方五時半から、投球と守備の練習をした。父は、喘息の娘になんとか体力をつけさせたいと願っていたし、これからは女も自由に活躍できる時代になるから人とは違うことをやったほうがいいと意気込んでいた。貧しくて部活などできなかった自分の子供のころを取り戻そうとしているようでもあった。愛読していた水島新司の漫画のように日本初の女子プロ野球選手誕生という夢を、娘に語った。西は再放送でそのアニメを見て、勇気という名前のその主人公を自分の将来の姿なのだと思った。自分も勇気のように戦って勝利するのだと信じたから、喘息の発作がひどいとき以外は、毎日練習を続けた。父親は野球の経験はなかったので、有名選手や監督が書いた本を何冊も読み、練習メニューを考えた。

小学校に上がってからは、土日には父親が勤める工場の近くにあったバッティングセンターにも行った。その頃には一つ下の弟もいっしょだったが、男のプロ野球選手は普通だし、男は多少腕白でもたくましく育って自分で好きな道を見つけるべきだと父は言い、弟はジャッキー・チェンの映画を見て空手を始めたが数か月でやめた。父親が自分の娘には野球選手になれるほどの身体能力がないと失望して選手にすることをあきらめたのは、西が小学校四年生の夏休みだった。遊ぶ時間は無駄と父に言われて放課後も週末も誘いを断り続けた西に、級友たちは声をかけることはなくなっていた。一人で教室に残る休み時間や暇になった放課後、西は学級文庫に並んでいた手塚治虫の「火の鳥」を読み、ノートの端やチラシの裏に絵を描いて過ごした。だから今好きな仕事ができるようになったのは、野球の練習を続けた日々があったからで、自分はやはり運がいいと思っている。五年生で転校してきた女子と隣の席になって今までの経緯を知らない彼女と話すようになり、その子を介してようやく他の子たちの輪に入れてもらえるようになった。

森尾さんの子供たちと遊ぶのに野球の練習が役に立ったのは、就職してすぐに職場の飲み会のあとに十五人ほどでバッティングセンターへ行き、ストラックアウトゲームで七枚のパネルを抜いて一位になり驚かれたとき以来だった。野球で人からほめられたのはそれが初めてだった。そのときは自分も酔っていたので喜びを父に伝えたかったが、西が高校に入学する直前に両親は離婚しており、すでに父親は音信不通だった。今も父親はどこでどうしているかわからない。

春輝は、西にほめられて上機嫌で、野球選手になりたい、と目を輝かせた。後日、ヤンキースかレンジャーズに入りたいと言ったので、西は自分の子供の頃から随分と時間が経ったのだなと実感した。

長女の優菜は、どんどん新しい言葉を覚える時期で、何度も質問をしてくる。今まで子供に接するのは苦手だったが、優菜のちょっと不思議で唐突な発言の相手をするのは楽しい。実和子も、最近明るくなったと夫が安心していると言っていた。

「ほんとなんですか？」

太郎は、二皿目の鶏の唐揚げにレモンをしぼりながら聞いた。

「嘘ついて入り込んだんじゃないんですか？」

「いや、自分でもこんな機会に恵まれるとは。森尾さん、なんかすごくいい子で。

人を疑うことを知らない、って感じなんですよ。こんな怪しい人家に入れちゃってだいじょうぶ？　とか思うんですけど、やっぱりああいう人のほうが周りもいい雰囲気になるっていうか、幸せな家庭に恵まれるんでしょうね。雑誌に載ってる素敵な家族、みたいな人たちが、実在するんですねー。びっくりですよねー、いや、ほんとに」

西のビールは六杯目だった。

「だったら、おれに隠すことないでしょう」

「願いが叶うまでは誰にも言わない、というのが信条で。受ける大学も内緒にしてたし、漫画を描いてることも友達にも誰にも言わなかったし」

西は七杯目のビールを頼んだ。

「よかったじゃないですか。念願叶って」

「でもお風呂場にはなかなか入れないんですよねー。広い洗面室の奥にあるから、廊下から覗けないし。あとはあの風呂場の黄緑色のタイルだけ、心残りで。できれば写真に撮りたいんですよ、あの最後のページの写真と同じ角度で」

そう言いながらうるめの丸干しをかじる西の顔を見て、太郎は少々心配になってきた。森尾さんの隙を見て勝手に入るくらいのことはやりそうだ。嘘を言うかもしれない。風呂が壊れたから貸してほしいとか。

「森尾さんには、家が写真集に載ってること言ったんですよね？」

「いやー、それは」

「えー、黙ってるんですか」

「だって、ずっと家の観察してたなんて言われたら、怖くないですか？」

「普通に、写真集のことだけ言えばいいじゃないですか」

「あ、そっか」

西は首をかしげて笑い、そのわざとらしいそぶりに、太郎は少し苛《いら》ついてしまった。やっぱり仲良くしているふりをして森尾さんを利用しているだけなのかもしれない。

「もう、いいんじゃないですか？　家には入れて、庭も見たんだし」

「そうですよねー。でも、あの家もいつなくなっちゃうかわからないからなー。築五十年？　今、景気よくなってるからあっちもこっちも工事してるでしょう。線路脇の解体工事やってるとこは、マンションが建つみたいですよ」

そうか、近所で急に増えた新築やら改築やら塗装工事やらは、金融政策による経済効果とか増税前の駆け込み需要とかニュース番組で言っているあれなのか、と太郎はようやく気づいた。営業先でそんな話を聞かないこともなかったが、自分には関係のないことだと思っていた。駅に行くまでの道でも、やたらと工事用の覆いが目につく。「ビューパレス　サエキⅢ」よりも先に、道を挟んで向かいのアパートの取り壊しが始まっていた。

西は運ばれてきた七杯目のビールを、一気に半分ほど飲んで、言った。

「東京は、次々建物が建って、新しいお店ができて、人に会うたびにあれがおもしろい、これがきてるって、なにもかも速いですよねー。違うか。よくなるのは早くて、悪くなるのは遅い」

「まあ、東京っていってもいろいろじゃないですか？　おれが東京に来て最初に住んでたとこは、下町って感じで団地も工場も結構あったし」

「ですよねー。でも、このへんにいると、ほかの街のこと忘れてるっていうか、ここ以外の場所があるってことを忘れてるって思うことがあります。自分が暮らしてた街のことも」

「おれは、けっこう好きですよ。ここのことは」

「どういう点が、どんなふうに」

西は、腕組みして肘をテーブルに乗せ、太郎を正面から見た。

「いろんなものがあるからじゃないですか。あの、木にくっついてたネコアシとか」

「あれが東京なんですか？」

「ここで、初めて見たから」

「それは、あんまり他の場所を知らないってだけじゃないんですか？」

「まあ、そうですけど……」

「わたしも人のこと言えませんから、気にしないでください」

「えー」

店の中は、他の客はいなくなっていた。カウンターから、従業員が閉店作業をしたそうにこちらをうかがっている。日曜は早仕舞のようだ。

「一日だけでいいから、あの家で自由に過ごしてみたいなあ」

西はため息交じりに言い、ジョッキのビールを飲み干した。

店を出たあと、西は千葉の母親の家に行くと言って駅へ歩いていった。

それからはときどき、西は、実和子の手作りのクッキーやらパウンドケーキやらマフィンやらを太郎に持ってきた。太郎は礼を言って受け取ったが、高校生の頃に姉が作った生焼けのチーズケーキを食べさせられて食中毒で数日苦しんで以来、店で売っているのではない手作り菓子には非常に抵抗があるため、それらはすべて職場に持って行って甘いものが好きな同僚たちに食べさせた。同僚たちは非常によろこんだ。これはよほど手慣れた作り手だ、このような贅沢を毎日味わえる子供は幸福だ、自分たちはお菓子の中ではパンケーキがいちばん好きだからぜひその人が焼いたパンケーキを味わいたい、と言って、今食べに行くべき東京のパンケーキ十選を地図つきで教えてくれた。

十月の終わりの日曜日、太郎は畳に転がってスマートフォンでニュースサイトを見ていて、不発弾の記事に目を止めた。

〈東京都品川区南品川の住宅街で27日午前、付近の住民約1150人を一時避難させ、陸上自衛隊が旧日本軍の不発弾を爆破処理した。現場はJR大井町駅から北へ約500メートルの住宅街にある工事現場。区は半径130メートルを警戒区域とし、全面立ち入り禁止とした。交通機関への影響はなかった。陸自東部方面後方支援隊の不発弾処理隊が大型の土のうを積み上げた防護壁をつくり、午前11時すぎに遠隔操作で爆破。午後1時半すぎに避難指示を解除した。区によると、不発弾は直径15センチ、長さ55センチ。〉

埋まったままなのは想像がつくが、何十年も経っているのにここまで大がかりに警戒や処理をしなければならないほどの威力が、その錆びた塊の中にあることが、恐ろしいというよりは、単純な間違いで起きた奇異な現象に思えた。

不発弾は、父と、巳さんと、同い年だろうか。彼らが生まれたころに作られ、人間が人生の一通りのことを経験するほどの長い時間を、土の下で動きもせずに過ごした。

先週の月曜日は、父の命日だった。忘れていて、何日か過ぎてから気づいた。

気づいても日が過ぎているからとなにもしなかった。ビールぐらい供えようか、と太郎は思い、すり鉢と乳棒を出してきて、テレビの前に置いた。花でも飾るものだろうか。線香をたてなければならないだろうか。しかしどちらも、部屋の中にはなかった。太郎がこの部屋に住み始めた三年前から一度もなかった。

今でも、父は出かけているだけなのではないかと思うことがある。夢の中で自分の設定を忘れているような感じ、と太郎は思っていた。それにしては随分長い不在だった。そう思うのは自分が父の死をなかったことにしたいからではないか、とも考えていた。大阪にめったに帰らないのも。

大家の家の楓が紅葉し、葉が落ち始めた。蔦も赤くなった。内側に光源があるかのような、あざやかな赤だった。

太郎は、相変わらずアパートから駅までの三つのコースをその日の気分で選んで通勤した。工事現場はますます増えた。取り壊す現場にも出くわした。木造家屋の残骸が、トラックに載せられていた。

毎日歩く地面の下は、暗渠の川が流れている。水道やガスの管がある。不発弾があるかもしれない。ここはどうだかわからないが、もう少し新宿に寄ったあたりでは空襲の被害があったと、それは美容師をしていたときに年配の客から聞いた。不発弾があるなら、そのときに燃えた家や家財道具のかけらも埋まっている。もっと昔はこのあたりは雑木林や畑だったらしいから、毎年の落ち葉や木の実やそこにいた小動物なんかも、時間とともに重なって、地表から少しずつ深いところへ沈んでいった。

その上を、太郎は歩いていた。

風が冷たくなった夜、客先から直接帰ってきていつもとは違う駅から歩いていた太郎は、世田谷線の線路をよたよたと歩いて横切る動物を見かけた。太った、不細工な猫だとしばらく目で追ってから、狸だと気づいた。丸い胴の下から細い足が出ていた。立ち止まらず、狸は線路の向こう側の植え込みに見えなくなった。そのあとも太郎はしばらく柵の脇に立ち、ついさっき見た見慣れない動物の形を、何度も思い出し、正確に記憶しようと努めた。

十二月の半ばに、「申」室の男女が引っ越していった。最後まで、太郎は一度も言葉を交わさないままだった。

「ビューパレス サエキⅢ」は、残り三軒となった。いっぺんに二人、しかもしばしば大声を響かせていた住人がいなくなったこともあって、さすがにさびしくなった。アパートの全体が「空き家」に傾いた。

太郎は「亥」室で年を越した。

大晦日から明けて二日まで、アパートには太郎以外の住人は不在だった。太郎はずっとテレビをつけっぱなしにして過ごした。

三が日の終わり、隣のコンクリートの金庫のような家の表札がなくなっていることに、太郎は気づいた。元々内部の物音などもまったく伝わってこない家だったから、表札以外にはなんの変化もなかった。アパートの前で西を見かけたときに聞いてみたら、ひと月ほど前にはすでにいなくなっていたと言う。しかし、西も、引っ越し自体は目撃していなかった。部屋のベランダから改めて見てみると、屋上に見えていた植木が茶色く枯れており、そのとき太郎はようやく、その家に先日まではほんとうに人が住んでいたことを知った。

アパート前のエゴノキは葉がすっかり落ちたのに、ネコアシだけは黒くしなびてもくっついたままだった。アブラムシはとっくに巣立ったろうから、あれも空き家だ。空き家だけが取り残されている。「亥」室のサッシにくっついているトックリバチの徳利もそのままにしてあった。太郎はときどきミニチュア徳利を確かめたが、蜂がやってくることはなかった。ネコアシも徳利も、一度きりしか使わないものなのだろう。だから二度と入居者のいない空き家だった。「ビューパレス サエキⅢ」に、もう新しい住人はやってこない。コンクリート金庫には、やってくるかもしれない。

太郎は、以前調べかけて見るのをやめたエゴノネコアシフシの解説が載っているサイトをスマートフォンで再度検索した。虫の写真の気味悪さは変わらなかったが、画像はなるべく見ないようにして文字を追った。エゴノネコアシフシを作るエゴノネコアシアブラムシは、エゴノキとイネ科の植物を行き来して、さらに単為生殖と有性生殖を繰り返すのだと書いてあった。だからエゴノキとイネ科の草の両方があるところにしか生息できない。

一時、高校生くらいのころは、生物の進化には意志が関係していてこうなったらいいのにという願望がある程度反映されるのだと思っていたが、生物学や進化論ではそれは正しくないらしいことも知っているし、今は太郎自身も、こういった奇妙な生物の生態を知る度に、なんだかわからないがそういう仕組みができてしまってできてしまったから続けている、延々と続けている、それだけのことではないかと考えるようになった。

なぜこんな面倒なことをと思いつつ、違う種類の葉も実も食べられたらいいのにと思いつつ、そうする仕組みになっていることを繰り返すしかない。繰り返せなくなったら、少なくとも今の形の自分たちはいなくなる。

トックリバチのほうはもう少し単純だったが、それにしたって卵一個に一つずつこんな徳利を作るのは面倒だろう。集団で暮らす大きな巣に比べて、生き残る確率が高いのだろうか。生き物はいつも最善の方法を選ぶわけではないのだろうか。

太郎にその答えが出せるはずもなかったが、あのネコアシ袋の中でびっしりと大勢の兄弟と共に暮らすよりは、一人で小さな徳利を独占するほうがいいとは思った。

連休のはじまりの土曜日、宅配便のトラックがやってきて太郎に発泡スチロールの箱を二つ届けた。送り主は、倶知安に移住した沼津だった。前の日の晩、沼津から久しぶりにメールが届いた。新しい土地にも仕事にもようやく慣れた、釧路の名産品詰め合わせを送るから受け取ってほしい、と書いてあった。礼が遅れたが、引越祝いにもらった鳩時計は妻が一度見かけたのを買いそびれて以来探していたものだったので大変に感謝している、寒さは想像以上だったがそんなに悪くない、と続き、鳩時計を持った妻の画像も添付されていた。沼津の妻は、沼津に似た顔だった。送り状に手書きされた珍しい名字を見て、沼津はもうすっかりその名字に馴染んだのだと感じた。

発泡スチロール箱の中身は毛蟹だった。三匹も入っているうえに、もう一つの箱はほっけの干物とイクラの瓶詰めだった。自分は魚の干物が苦手だと言っておけばよかった、と太郎は後悔した。そうしたらもっと別のものを詰めてくれたかもしれない。イクラ増量か、いかや練り物などでもよかった。いずれにしても、食べきれない量だ。沼津は、太郎が一人暮らしだと知っていたはずだが、感謝の気持ちを量で表したようだ。毛蟹の料理の仕方もわからないので、太郎は、二階の「巳」室のドアを叩いた。が、返事がない。明かりも見えず、留守のようである。そういえばしばらく巳さんを見かけていない。まさか黙って越していったわけではないだろうが、ひょっとしたらどこかへ移る準備を始めているのかもしれない。太郎はその隣の「辰」のドアを叩いた。元はといえば鳩時計は西にもらったものなので、そのお礼は西のものでもある。西は、すぐに出てきた。フード付きスウェットの上に緑色のチェックのどてらを羽織り、分厚いニット帽を被っている。それなのに裸足だった。

太郎が海産物のことを告げると、西は、それなら森尾さんちへ行きましょう、と目を輝かせた。

太郎がいったん部屋に戻り、今まで食べたことのない毛蟹の甲羅の棘《とげ》や目を眺めたりひっくり返したりして、飛び出した目があまりにも真っ黒で丸くて目とは思えずに怖がっていると、西がやってきた。スウェットの代わりに青いカーディガンを着て灰色で厚い生地のパンツをはき、全体に小ぎれいにしていた。森尾さんちは今晩の食事の用意をまだしていなかったのでちょうどいい、イクラがあるなら手巻き寿司の準備をしておくからぜひいっしょに食べましょうと言っている、と報告した。

太郎の部屋の台所に置かれた発泡スチロールの箱の脇にしゃがみ、西はしばらく蟹を指でつついていた。

「わたしにはもう、時間がないんです」

ドラマのせりふのような口調で唐突にそう言うと、西は立ち上がって太郎を見た。

「わたし、来月あたりに引っ越すんですよ」

千葉県北部のニュータウンに一人で住んでいる西の母は、四年前に乳がんを患い、切除手術のあとは再発もなく過ごしていたのだが、半年ほど前から体調を崩しがちで、西がいっしょに暮らすことにしたのだと言う。これまでも一週間か二週間に一度は手伝いに行っていたが、通うには遠い。弟は名古屋で双子が生まれたばかりだから身動きが取れない。自分はウェブサイトでの連載もまた一つ決まったし、つてもだいぶできたから仕事に支障はない。また懐かしの団地の一室で、しかし枝振りの立派な欅に囲まれた七階の景色のいい部屋だ、と西は話した。

「それであのー、お願いがあるんですね。言ってもいいですか」

前にもこの言葉を聞いた、と太郎は思ったので、うなずかなかった。

「森尾さんの家に行って、蟹を食べて宴たけなわ、みたいなタイミングでわたしがテーブルの端にビールのグラスを置きますから、そのグラスを倒してもらえますか」

と、西は両手を動かして示した。

「西さんが、グラスを置いて、おれが、倒す……」

「そうしたら、わたしの服が濡れるじゃないですか？　そこで、お風呂場借りていいですか、って言いますから」

「風呂場」

太郎は、その単語を繰り返した。西は、自分の思いつきが気に入っているようで、楽しそうに話していた。

「なるべく不安定な細長いグラス出しときますから」

「あー、はあ」

太郎は、曖昧《あいまい》に聞こえるよう心がけて返事をした。西が一人でやればいいのでは、とも思ったが、あの家の中を見てみたいという好奇心は、太郎にもあった。それは写真集と同じ家か確かめたいというよりは、西がそんなにも執着するのはどんな家なのか、覗いてみたいという気持ちだった。

午後五時、太郎と西は、一箱ずつ海産物を抱え、森尾邸を訪れた。門の脇のインターホンを押すと、玄関の内部からどたどたと足音が聞こえ、

「こんにちはーっ」

と勢いよくドアが開き、男の子と女の子が出てきた。そのうしろから森尾実和子が現れ、太郎に、初めましてとかありがとうございますとかうちの子は蟹が大好きでとか西さんからお話は伺っていますとか言った。

子供たちは左右から西の手を片方ずつ握り、なるほどすっかり懐かれている様子だった。

通された一階リビングは、広々として電球色の照明でくまなく照らされていた。「春の庭」の写真とは随分印象が違う、と太郎は感じた。そういえば、あの写真集には夜の写真は一枚もなかった。

「実は、わたしも西さんにお会いしたかったんですよー。お伝えしないといけな

いことがあって」

ローテーブルにお茶を運んで、森尾実和子は言った。

「わたしたち、福岡に引っ越すことが決まったんです。せっかく、東京で初めてお友達ができたと思ったのに、ほんとうに残念なんですけど」

森尾の実家は福岡で化学素材の会社を経営しており、夫はその関連会社で仕事をしていていずれは跡を継ぐことになっていたのだが、義父が体調を崩したためその予定が早まった、夫の実家に同居することになるが、現在は海外に赴任している義弟夫婦のために改築した二世帯住宅の部屋をそのまま使えるし、福岡市の繁華街からは少し離れた海に近い場所だから、春輝の体のためにもいいのではないかと思っている、と実和子は落ち着いた口調で話した。

太郎は、「東京でできた初めてのお友達」である西になにも伝えていなかったのにここで淡々と話す実和子を見ていると不安になってきて、すぐ隣に座る西の横顔をうかがったが、西はほとんど表情を変えず、ときどきおもちゃを持ってくる優菜の相手をしながら相槌を打っていた。

「おじいちゃんちねー、すごーく広いんだよ。こーんなおっきいくまさんのぬいぐるみがあるんだよー。動物園のくまさんにそっくりなんだよ」

両手を大きく広げて懸命に話す春輝の前髪が目に入りそうになっているのが、太郎は気になった。

「髪、伸びてますね」

「そうなんです、しばらく慌ただしくしてたものですから。わたしが切ってあげればいいんですけど、前に一度失敗しちゃって、それからこの子が生意気にもいやがるんですよ」

「だって、みんなに笑われたんだもん」

「よかったら、おれ、切ってあげましょうか。昔、美容師やってたんで」

言ってから太郎は、「昔」という言葉に笑いそうになった。わずか三、四年前である。しかし、自分にとってもう遠いことなのには違いなかった。

縁側のソファに春輝を座らせ、新聞紙とごみ袋で覆って、実和子に借りた鋏《はさみ》で散髪を始めた。久しぶりに鋏を持ったが、家庭用の安物の鋏は、太郎が仕事道具として使っていたよく研《と》がれた鋏とはまったく違う感触だった。懐かしい鋏の音が、耳の奥で聞こえた気がした。鋏は二丁、押し入れにしまったままになっている。太郎は、美容師の仕事をもう二度とやらないとも、いつかもう一度やろうとも、決めてはいなかった。決めることを、避けていた。

ガラス越しに、部屋からの明かりに照らされた庭が確認できた。ガラスに映り込んだ室内と重なってよくは見えなかったが、「春の庭」と同じ庭だとはわかった。

庭の右隅、梅の手前に目をやった。暗がりで判然としないが、特になにも置かれていないようだった。あのあたりを、牛島タローが掘っていた。なにかを植え替えたか、埋めたか。

前髪を切ろうとして、春輝がしきりに口に指を入れているのに気づいた。

「どうしたの」

「けいごくんもゆうきちゃんも抜けたのに」

春輝は小さな人差し指で、下の前歯を確かめていた。キッチンのカウンター越しに実和子が言った。

「仲のいいお友達が続けて歯が抜けたから、気にしてるんですよ。自分が最後になるのがいやみたいで」

春輝は、太郎に向かって口を大きく開けた。青白い小さな歯がきれいに並んでいた。

「早く抜けないと、ほかのところから歯が生えてくるんだぞ。手とか」

と太郎が言うと、春輝はとても怯《おび》えた顔をしたので、すぐに嘘だと謝った。

永久歯も乳歯みたいに簡単に抜けるのだと高校生ごろまで思い込んでいたことを、太郎は思い出した。親不知《おやしらず》を抜くのが大変だったと親戚の誰かが言っていて、なにが大変なのかと尋ねて笑われた。太郎は骨格がしっかりしているのか、親不知はすべてまっすぐに生えて一本も抜かずにすんだ。父親に顔が似ていると言われることはあまりなかったが、骨が丈夫なのは似たようだ。

散髪はすぐに終わり、太郎はしばらく兄妹の相手をした。元妻の甥や姪と遊んだことはあったから、西よりは子供の扱いに慣れていた。二人ともテレビアニメのキャラクターの名前を叫んでいるのを聞いて、自分はこの家を特殊だと思いすぎていたかもしれないと思った。

実和子と西の共同作業で、毛蟹は茹《ゆ》でられた。両親がオホーツク沿岸の出身だという実和子は、毛蟹の扱いに慣れており、説明しながら茹で上がった蟹の足を手際よく折るときの表情は、さっきとは別人のように生き生きとしていた。

家が広すぎて不安になる、という西から聞いた実和子の言葉を、嫌味ではないかと太郎は邪推していたのだが、蟹にかぶりつく実和子を見て、本心だったのかと少し驚いた。誰もがうらやむような暮らしでも、それが自分に馴染むとは限らない。それでも太郎は、誰かがこの家での暮らしを与えてくれるなら二つ返事で受け取るだろうと思った。

沼津は、毛蟹に親しみを感じるようになっただろうか。雪が積もり、空気も凍るような森の墓地もいつかは親しく感じるだろうか。太郎は、自分もとうに故郷の街よりもこの街の風景に慣れていることを感じながら、沼津がその妻とお揃いの毛糸の帽子を被って楽しげにスキーをしているところを思い浮かべた。

緑色のラグの上に置かれた大きなローテーブルを囲み、毛蟹を食べ、イクラやまぐろやサーモンを手巻き寿司にし、大人三人はビールを飲んだ。実和子は酒を飲むのは随分久しぶりらしく、顔が赤くなっていないか何度も西に確かめていた。子供たちは、実和子の実家から送られてきた牛乳アイスクリームも食べて満足し、来客に興奮したのか走り出し、追いかけあってリビングを回りはじめた。

ぐるぐるぐるぐる、高い笑い声を上げながら、春輝と優菜は走り続けた。実和子が、立ち上がってたしなめるが、子供たちはまったく意に介さずますますかけっこに夢中の様子だった。同じ方向に、渦に巻かれたように、二人はひたすら互いを追いかけあった。まてー、とか、つかまらないぞー、とか役割は入れ替わりながら、何周しても終わらなかった。

なぜ飽きないのか、太郎は少々怖いとさえ思いつつ、インド風の欄間のある二十五畳のその部屋自体が回転している錯覚に陥っていた。西が自分を凝視しているのに気づき、そうだ、ビールのグラスを倒さなければ、と思い出したとき、春輝の体がふっと浮き上がったのが目に入った。あっ、と太郎は声を上げた。

次の瞬間、春輝が西の背中に倒れ込み、西は相当な勢いで頭からテーブルに突っ込んだ。西のビールのグラスだけでなく、他のグラスも皿もなぎ倒されるようにテーブルから落ち、複数の割れる音が響き渡った。西の背中に乗りかかっていた春輝はあまりに驚いて、わあっ、と叫んで飛び退《の》いた。テーブルに突っ伏した西のうしろに、優菜がぽかんとして立っていた。

「きゃーっ」

と叫び声を上げたのは、実和子だった。その顔を見て、素直な子で、と西が評していた彼女の性格を、太郎は理解した。

西が、ゆっくりと体を起こした。左腕に、グラスの破片が刺さっている。袖をまくり上げていたので、肘から手首にかけて何か所も血が滲《にじ》み出ている。顔にも、血。

「ええーっ」

駆け寄った実和子が、西の顔を見てさらに叫んだ。その声をきっかけに、春輝と優菜が泣き出した。

「たいしたことない」

西は、ガラスが刺さっていない右手で左の頬の血をぬぐった。血は絵の具を筆で刷《は》いたように、耳のほうへ伸びた。

「お風呂場、借りていいかな?」

実和子は西が言ったことの意味が取れなかったのか、反射的に聞き返した。

「え?」

「お風呂場、借りていい? 傷口、洗うから」

「ええ」

西の勢いに押されて承諾した実和子だったが、ドアのところで立ち止まった。

「病院に行ったほうが」

「まず、風呂場だね。とにかく風呂場で、傷洗おう」

太郎は、咄嗟《とっさ》にそう口にしていた。実和子はまた一、二秒無表情になったが、

「あっ、はい。なにか着替え、持って来ますね」

と我に返って言った。太郎はそれも遮った。

「とにかく片付けを先に、子供が危ないから。西さんはおれが」

こんなに傷ついてまで目的を達しようとしている人を前にして、なにもしないわけにはいかない、と太郎は思った。人のためになにかをしたいという気持ちになったのは、何年振りだろう。この人の手助けをしなければ、と責務のように感じるのは。太郎は、ゆっくりと立ち上がった西を抱えるようにして、廊下に出、右前方にある洗面室のドアを開けた。間取り図を西に見せてもらって、家の内部は把握していた。

ドラム式洗濯機と、「春の庭」の写真とは違ってボウルが二つ並んだ洗面台の

あいだを通り、奥の模様ガラスの扉を開けた。照明のスイッチを押すと、ぱっと黄緑色の空間が浮かび上がった。西は、その全体を見た。確かに緑から黄緑のグラデーションがそこを囲んでいた。壁も、浴槽の縁も、色彩が描く曲線が重なり合って、空気もうっすら緑色に染まっているようにさえ見えた。

「春の庭」の写真とは違って、夜だから窓からの光はなかった。昼間でも、二十年前にはなかったコンクリートの壁のせいで光は差さなかっただろう。今、電球の光に照らされたタイルは、ずっと見続けたあの写真よりも、鈍くのっぺりとした緑色だった。太郎は、軽い落胆を感じた。そこは他人の家の浴室に過ぎなかった。子供が遊ぶビニールのボールがあり、キャラクターの絵がついた洗面器があり、シンプルな容器に詰め替えられたシャンプー類が並んでいた。

二〇一四年に若くて余裕のある家族が暮らす家の、浴室。

西は、ガラスの刺さった腕を忘れたかのように、浴槽の縁に腰掛け、その小さな空間を眺めていた。唇はわずかに開き、眼鏡の下の目は夢を見ているように鈍く光っていた。頰の傷から流れた血は、すでに赤黒く乾きかけていた。西の口元に薄く笑みが浮かんでいるのに、太郎は気づいた。運がいい、という西の言葉を太郎は思い出した。

残念なことだが、西はポケットに入れていたコンパクトカメラでタイルが緑色の風呂場の写真を撮ることを忘れていた。ただその目に焼き付けた。

タクシーを呼んで、太郎は西に付き添って夜間診療をやっている病院に行った。しばらく待たされたが、西は痛いとは一言も言わなかった。むしろ軽い興奮状態にあり、風呂場のタイルについて早口で話し続けていた。

「なにを使ったらあの色が表現できるでしょうね。水彩アクリルかな。ひょっとしたら画像を加工するのがいいかもしれない。どう思います？」

「おれは、絵は描きませんから」

「ですよねー。プロの端くれのわたしとしては、あれは一つ一つタイルを描き込むんじゃなくて、全体を色として表したほうがいいと思うんです。あ、色鉛筆を塗り重ねるのもいいかも」

「……写真の通りでしたね」

西は、なにも答えなかった。そのあと、写真集の話も風呂場の話も一切しなかった。

救急車のサイレンが響き、ストレッチャーに乗せられた患者が運び込まれた。受付では、じいさんが同じことを繰り返して文句を言っていた。

西の腕の傷は深く、三か所で計十一針縫った。幸い、眼鏡が盾になったのか顔の傷は浅かった。頬骨の上を切ってはいたが、縫わずに済んだ。

西と太郎が会計を待っていると、実和子の夫が現れた。太郎は、実和子の夫である洋輔を初めて見た。背の高い、整った顔の、礼儀正しい男だった。森尾洋輔は西にひたすら詫び、治療費を全額支払った。それから、濃紺のドイツの車でアパートまで帰ってきた。乗り心地の良さに、西も太郎も感心した。翌日、森尾一家は全員揃って太郎の部屋を訪れて、丁寧に詫びと礼を言った。春輝はしっかりした声で「ごめんなさい」と言ったもののうつむいたままだったので、太郎はしゃがんで春輝の頭を撫でた。

一週間後、太郎は西から、森尾さんが家具や家電を譲ってくれるから見に行かないかと誘われた。西は顔の傷はほとんど治り、腕の傷もあと三日もすれば抜糸だと言った。森尾家を訪ねると、実和子が焼きたてのパンケーキを出してくれた。メープルシロップがたっぷりかけられた。手作り菓子は遠慮したい太郎だったが、目の前で出されると食べないわけにもいかず、甘いもの好きの同僚たちになったつもりで食べた。同僚たちが実和子の菓子に寄せていた賛辞を心の中で繰り返していると、すべてたいらげることができた。

家具は福岡の家にもあるし運ぶのも捨てるのも大変だから引き取ってもらえるならありがたい、と実和子は説明した。ただですよね、と太郎が尋ねると、率直な方ですね、と実和子は笑った。

西は、縁側に二つあった緑色の一人用ソファの一つと、スチーム式オーブンとホームベーカリーを引き取った。

太郎は、緑色の一人用ソファのもう片方と、リビングの真ん中を占めていたコーナーソファとオットマンと二階にあったリクライニングソファと巨大なクッション型のソファ、それから大型の冷蔵庫をもらうことにした。

もう十年以上前の、まだ大阪にいたころに、デザイン史上有名なソファ、ただしそのレプリカを何種類も置いたカフェに行って以来、太郎はソファだらけの部屋で過ごしてみたいとずっと考えていたので、それを実行したのだった。

後日、森尾洋輔とその部下に手伝ってもらってソファを部屋に運び入れると、部屋はソファで埋まり、ほとんど隙間がなくなった。太郎は、部屋にいるほとんどの時間をソファの上で過ごした。オットマンに板を置いてテーブル代わりにした。コーナーソファとリクライニングソファで交互に眠った。座面と背もたれの間で体を丸め、布団にくるまっていると、巣にいる動物になった心地がした。まだサッシにくっついたままの小さな壺の中にいた幼虫も、こんな気分だったかもしれない、と太郎は思った。

家具のことは巳さんにも聞いてみたのだが、もう物を整理していかなければならない年齢だからなにもいらない、と固辞した。太郎も、巳さんの部屋はどんな家具も必要としていないと感じていたから、その返事を予想はしていた。甘いもの好きの同僚たちからもらった美術展の招待券を渡すと、巳さんはよろこんだ。引っ越し先はまだ探していないようだった。

西の引っ越しは火曜日、太郎が仕事に行っている間に行われ、夜帰宅したときには「辰」室はもう空になっていた。ドアが閉まった部屋は、一見すると前の日と変わりなかったが、その窓の暗さは人が住んでいる部屋の暗さとは違った。その向こうになにもない、からっぽの暗さだった。

夜遅くなって、西から太郎に短いメールが届いた。「おかげでお風呂場が見られました。ありがとうございました。『ビューパレス　サエキⅢ』はいいアパートだから、住んでいるあいだはゆっくり過ごしてください。もうすぐ大家さんちやあの庭の花と新緑が見られるのがうらやましいです」と、書いてあった。西の漫画が読めるサイトのアドレスも添えてあった。

西と森尾家の人たちが引っ越すのと入れ違いに、大家の家に佐伯さんの長男が戻ってきた。立ち退いてもらわなければならないからと太郎のところにも挨拶に来た。丸顔と百八十センチを超える長軀がアンバランスなその人は、仕事を定年退職したところで、この土地の今後を打ち合わせしなければならないし、家の中のものを少しずつ処分するためにも、しばらくここに住むのだと言った。先代の大家さんは区内にある介護施設で元気にしていて、家とアパートの土地は売って、その後はマンションになるらしい。差し出された名刺には、「佐伯寅彦」と書いてあった。

「ひょっとして、ご兄弟のお名前にはウシやウサギがつきますか？」

「わたしは一人っ子です」

寅彦さんは、妙にきっぱりとした口調で言った。

「独り身で、頼る親戚もいないから、生きている間にこの家を片付けておかないとね。あとに誰もいないから、できるだけのことはやっておかないと。立つ鳥跡を濁さず、というじゃないですか」

太郎の頭の中で、ずるいなー、と声が聞こえた。自分の声だったが、当然口には出さなかったし、それがどういう意味なのか、自分でもその瞬間は理解していなかった。

「あのー、ずっと前、二十年ぐらい前に裏の家に住んでた牛島さんと馬村さんってご存じですか？」

「ああ、あの変わった人たちね。写真集だか出た直後は、家見に来る若い子がときどきいましたよ。一年か二年くらいしか住んでなかったらしいけど。うちの母親はおせっかいなほうだから、たまに食事に呼んだりしてましたね。一回、鳥籠を借りに来たって言ってたな」

「鳥ごとですか?」

「昔飼ってたセキセイインコが死んじゃったあとだから、鳥籠だけ花を飾るのに使ってたんじゃないかなあ」

「その鳥籠、もうないんですか?」

「さあ、どうでしょう。どっかにしまってあるかもしれませんけど」

部屋に戻って、「春の庭」をめくった。鳥籠が写っている写真は三枚あった。どれも、鳥籠にピントは合っておらず、オウムかインコらしき鳥も輪郭がぼやけていた。いくら太郎が目を凝らしても、そこに焦点が合うことはなかった。

三日後、早速造園業者がやってきて、大家の庭の木々は大幅に剪定《せんてい》された。ブロック塀に絡みついていた蔦の蔓《つる》も、すっかり刈り取られた。

わたしが太郎の部屋を訪れたのは、二月に入ってからだった。

太郎とわたしが会うのは、三年ぶりだった。父親の七回忌に郷里の街で会って以来だった。三年前のそのときは、わたしたちが育った市営住宅の十三階ではなく、その部屋が見えるマンションの五階、母親が住んでいる部屋で三日過ごし、太郎から離婚について事後報告を受けたのだった。

名古屋で専門学校の講師をしているわたしは休暇中で、年に一度の楽しみである海外旅行に出かけることになっていた。横浜の友人宅に寄ったあと、もう一人の友人と合流して三人で成田空港から台湾に向かう予定だったのだが、大雪のため成田へ通じる交通機関はすべて運休し、搭乗予定だった便がいつ出発できるか目処《めど》も立たなかったので、多数決を取って旅行を中止にした。母にそれを連絡したところ、ついでだから太郎の様子を見てこいと言われた。横浜から世田谷に移動するにも電車が大幅に遅れていて一苦労だった、と駅まで迎えに来た太郎にわたしはいきなり文句を言った。太郎は、へー、ほんとにー、と相変わらずの、聞いているのかいないのかわからない返答だった。前に会ったときに比べて少々太ったようだった。

午後三時過ぎだったが、道を歩く人はほとんどいなかった。灰色の雲が低い空を覆い、雪国みたいな景色だった。風が強く、傘を差していてもコートは見る間に雪で白くなった。すでに二十センチは積もった雪にわたしたちは足を取られ、特に太郎はわたしのスーツケースを持たされていたので難儀していた。わたしは途中で転んで雪に突っ込んだ。太郎は声を上げて笑った。誰かが作った雪だるまをいくつかと、かまくらというよりは穴ぐらも見つけた。子供の頃に近所の人に連れて行ってもらったスキー場で「かまくら」を作ったことを思い出した。太郎もその思い出を共有しているものと思って、あのときは楽しかったね、とはしゃいだ声を出してしまったが、太郎はスキーのことしか覚えていなかった。もう二十五年も前の話だ。

コートや靴に溶けた雪が浸み、手足に痛みを感じはじめたころにやっと「ビューパレス　サエキⅢ」に到着し、わたしは太郎の「亥」室に初めて入った。予想していたより散らかっていなかったが、部屋がソファで埋まっていることには、驚いた。玄関を入って真ん前に、緑色の一人用ソファとクッション型ソファがあり、奥の和室には大型コーナーソファとオットマン、二人用リクライニングソファが向かい合って置かれていた。ＤＫスペースを半分も占めているかのように存在感のある銀色の大型冷蔵庫にも、相当驚いた。凍ったままでも食材がさっくり切れる冷凍の機能がついた冷蔵庫は、わたしが以前から欲しかったもので、扉を何度も開けたり閉めたりしながら、持ってる人はなんでも持ってるんやな、この冷蔵庫は羨ましいわと言い続けた。太郎は、ああ、ああ、とはっきりしない相槌を打っていたが、内心では自慢したそうなのが、わたしにはわかった。

冷蔵庫の検分が一段落して、わたしはオットマンの上に写真集が置いてあるのを見つけた。「春の庭」と題された、大判の絵本みたいな写真集だった。わたしが「春の庭」を手に取ったのに気づいた太郎が、言った。

「それな、裏の家やねん」

「へー、そうなんや」

「もっと驚けよ」

「写真に写ってるってことは、その家がどこかにあるのは当然やん」

「ほら、そこ」

太郎が指さしたベランダの窓に、わたしはソファの上を歩いてたどり着き、外を見た。ブロック塀にも木の枝にも積もった雪と、まだ横殴りに降り続いている雪の向こうに、水色の家の角が見えた。外はもう、薄暗くなりかかっていた。

「大きい家っぽいな」

「その写真集くれた二階の人が、あんたと同い年やって。こないだ引っ越さはったんやけど」

友人宅から持って来たハムやらチーズやらバウムクーヘンやらをオットマンに並べ、缶ビールを開けた。太郎はコーナーソファの真ん中に転がったり端に転がったりしていて、わたしはリクライニングソファに上がって横座りしたり膝を立てたりして、母がここにいたら行儀が悪いと怒られるだろうと思った。母が子供のわたしたちにそうやって小言を言っていた年齢を自分はとうに追い越しているのだとも思った。それなのにたいして変わらない行動をしているわたしたちを傍《はた》から見たら、滑稽で、気味が悪かったかもしれない。太郎は、「春の庭」のページをめくったり戻ったりしながら、二階「辰」室の住人と、裏の家と、そこに住んでいた森尾さん一家のことを話し、わたしは聞いた。

わたしも、「春の庭」を見たことがあった。高校時代の友人が、牛島タローのファンだった。作品が好きだったのではなく、インタビュー記事の写真を見て、この人こそが自分が求めていた理想の顔だと確信してしまったのだった。だから友人は、馬村かいこが嫌いだった。「天然」を装ってる、変な名前、などと言った。劇団でのキャラクターやろうし、芸名やん、とわたしが言うと、友人はこんな名前をつけるセンスが気に入らないだとかなんとか、延々難癖をつけていた。

「これ、なにしてるんやろな」

太郎は、「春の庭」の牛島タローが穴を掘っている写真のページを開いて、わたしに見せた。

「さあ。池でも作ろうと思ったんちゃう？」

「池かー」

太郎は、その案は自分では思いつかなかったらしく、感心してしばらく写真を眺めて検討していた。

カーテンを開けたままの窓の外は、夜になっていたが、積もった雪に部屋の光が反射して、ほの明るかった。温泉宿にでも来たみたいだった。部屋の中はまったく旅館らしいところはないし雪の中の温泉なんて行ったのは十年以上も前なのに、わたしの頭の中には温泉宿のイメージが漂っていた。

「犬ぐらい埋まってそうな大きさちゃう?」

まだ庭の写真を見ながら、太郎は、沼津とチーターの話を聞いて、わたしは、ピーターのことを思い出した。チーターの話市営住宅のバイク置き場で、小学校に上がったばかりのころ、しばらく子供だけで迷い犬の面倒を見ていたことがあった。わたしたちが暮らしていた四年生の男の子たちが食べ物を運んだりしていたが、数週間したある日、わたしが学校から帰るとピーターはいなくなっていて、誰かからピーターは保健所に連れて行かれた、と聞いた。近くの楠《くすのき》の幹に「ピーター」と誰かが彫った。知らない人は読めなかっただろうが、わたしたちはそれがピーターの印だと知っていた。その傷を見る度、わたしはピーターのことを思い出した。

団地に住んでいたころ、わたしたちはいつも大勢だった。各階に同級生がいて、狭い公園では場所の取り合いだった。今では統廃合の検討対象になっている小学校も、わたしたちの教室は四十五人分の机で身動きが取れなかったし、校舎を増築する工事中はプレハブの教室で授業を受けた。狭い街のどこにいても、誰かに会った。わたしはいつも、大勢の一部に過ぎなかった。しかし不思議と、あんなにいた団地の同級生たちと、ピーターのことを話したことはなかった。

「ピーターのことを思い出すと今でもかなしい」

「たぶん、ちゃうで。ピーターって、白地に茶色のぶちの、耳が垂れた犬やろ。四年のとき仲良かった松村の家におったもん。にいちゃんが団地の子に頼まれて連れて帰ってきたって言うてた」

「そうやったんや。高校で友達にこの話したときにも、保健所はひどいとか散々言うてもうたわ。濡れ衣やってんや」

「結構長生きしたんちゃうかな。松村んちって、最初は二丁目の、ほら、地上げ屋に放火されたっていう長屋の隣やってんて。そのちょっと前に小学校の裏に引っ越してたらしくて、助かったわー、っておばちゃんが言うてた」

「あそこな、放火の一週間前にトラックが突っ込んだとき、見に行ってん。北公園で遊んでてすごい音がしたから走って行ったら、運転手が別の車に乗って逃げていくとこやった。おっちゃんらが追っかけていったけど、結局捕まってないんちゃうかな。あれも、立ち退かすための嫌がらせやったって」

「その話、誰か他のやつにも聞いたけど、おれは全然記憶ないわ」

「あんたはまだ二年やったもんな。あそこに建ったマンションに今住んでる人は、そんなことあったなんて知らんのやろな」

「……裏の庭、掘ったらなんか出てくるかな」

「もう何代も借り主代わってるんやろ」

「この写真の後から数えて、三代目」

「また賃貸に出るんやろ。誰かとルームシェアでもしたら。流行《はや》ってるやん。今」

「他人と住むのは、おれは無理」

「あー、意外に神経質やもんな。真っ暗じゃないと寝られへんから豆電球も消して、って泣いたことあったもんな」

「泣いてはない」

太郎は、缶ビールではなくペットボトルのお茶を飲んでいた。窓の外の夜を確かめるように見てから、言った。

「工場の赤い電気見てたら寝れるって、あんたに言われた」

「覚えてないなー。面倒くさいから適当なこと言うたんちゃう?」

最初はわたしが二段ベッドの上を使っていたのに、太郎が小学校に上がったときに上を希望し、わたしがおねえちゃんだからという理由だけで父母から交代を言いわたされた。それまでは、寝る前に窓から夜の街と赤い光を見ていた。夜が息してる、と思っていた。見えなくなってかなしかった。

「おんなじ部屋とか、よう毎日過ごせてたよな」

「一人の部屋なんか、まだ知らんかったから」

そのときわたしは、太郎といっしょに暮らすことはもう二度とないのだと気づいた。おそらく太郎も、そのとき初めて気づいたに違いない。

「だいたい、ああいう家はシェアなんかできへんに決まってるやん。審査通らへんわ」

太郎の言葉に頷きつつ、わたしは缶ビールの最後の一本を開けた。それから、写真集を手に取った。

「誰か、知ってる人で住めそうな人おらんの。そしたら遊びに行けるやん」

「思いつかん」

「たぶんそうやろな」

「どういう意味やねん」

「広そうやなー」

「ここの部屋なんか玄関に収まるな」

「……、これ、ごはん食べてる写真がないな」

わたしがそう言うと、コーナーソファの背もたれの上に腰掛けていた太郎は、道端でばったり出くわした猫のような、子供のころを思い出させるような、不意をつかれた顔でこっちを見た。わたしは、その顔の前に「春の庭」を開いて立てた。

「この家でいっしょに暮らしてるのに、食べてるところの写真が一枚もない。食べ物も、ない」

太郎は、何ページかめくって、ほんまやな、とつぶやいた。

「西さんも気づいてたんかな」

「そらそうちゃう」

とわたしが答えたあとも、太郎は写真を見つめていた。

つまみも、ビールももうなくなっていた。雪に覆われた街は、静かだった。雪でなくても、この街は静かなのかもしれなかった。時折、屋根や木の枝から雪が落ちる音が聞こえた。音が重さそのものだった。白い結晶の塊は、温度を吸い取っていった。家も木も電線もアスファルトも空気も夜も、温度が下がっていった。

もう一日、「ビューパレス サエキⅢ」に滞在した。前日が嘘のように天気がよく、融けた雪が建物の縁から雨のように降っていた。太郎とわたしは、鍋とフライパンを使って最低限の雪かきをした。雪かきをするのは、わたしは初めてだった。水色の家もコンクリートの家もなんの動きもなかったが、斜め向かいやその先の家からは人が出て雪かきをしていて、昨日は誰も見かけなかったがここにもちゃんと人が住んでいたのだと安心した。巳さんに挨拶をしたかったのだが、留守のようだった。

夕方、太郎を都知事選の投票に行かせてから二人で駅の近くの焼き鳥屋に入ったが、届かない食材が多いようで、わたしが選んだメニューはことごとくなかった。太郎はきらいだったねぎまの葱《ねぎ》をいつのまにか食べられるようになっていた。

「亥」室に戻ってから、あまりにも部屋が狭いから緑色のソファはわたしがもらったほうがいいと思う、と言った。こういうとき太郎が面倒になって、べつにええよ、と答えるのはわかっていた。宅配便の手配をしながら、わたしたちが次に会うときには、太郎はこの部屋にはいなくて、というより、この部屋はアパートごとなくなっているのだと思った。

わたしが帰った次の日、太郎は、賃貸情報サイトで部屋を検索した。そろそろ、次の場所を探さなければならなかったが、どの街のどんな部屋に住みたいか、なにも思い浮かばなかった。「似た条件」や広告で表示される画像をあれこれクリックしていくうちに、山形の鉄砲町というところの一戸建てを見ていた。二階建てのこぢんまりした家の周りには雪が積もっていた。

ここに住むこともできるのだと、太郎は気がついた。全然知らない、なんの情報も持っていない場所。生活が続くかどうかはわからないが、とりあえず、住むことはできる。この寝転ぶのに良さそうな和室がある家に。画像をクリックしていくと、最後は風呂場だった。黒と白のタイルが交互に貼られたその壁を見たとき、太郎は、部屋を探すのはもっと後でいいと思った。

ひと月後、わたしは名古屋にいて、仕事を終えてマンション六階にある自分の部屋に帰宅した。元は森尾さんのものだった、今は千葉の西さんの部屋と名古屋のわたしの部屋にいき別れた緑色の一人用ソファに座って、缶ビールを飲んだ。わたしは自分の酒量については太郎のように心配していなかったが、文字が父親に似てきていることは気になっていた。年を経るごとに、酔っ払って歩く人の姿に似た癖のある文字に、確実に近づいていた。走り書きしたメモがしばらくしてふと目に入り、父が書いたのでは、と錯覚したこともあった。父に字を教わったのではないのに、なぜ似るのか。太郎の部屋に行ったときに見た弟の文字は、父にも母にも似ていなかった。

ノートパソコンを開いて、いつも確認しているブログやツイッターを巡回して、近くは友人の、遠くはトロントのまったくの他人の飼い猫の今日の様子を確認したあと、借りてきたＤＶＤを見た。第二次世界大戦を題材にした映画だった。三十分ほど経ってからようやく、随分前に見たことがあったと気がついた。

ソファの座面とアームのクッションの隙間に手を入れたとき、なにか硬いものが指に触れた。手でそのまま掻き出すと、白い小石のようなものが床に落ちた。拾い上げると、歯だった。とても小さくて根のない、乳歯。前歯の形をしていたが、上か下か、何番目の歯なのかは判断できなかった。

下の歯なら空に投げ、上の歯なら土に埋めると、子供の頃に聞いたのを思い出した。

上の歯のように見えるし、たとえ下の歯で空に向かって投げたって落ちてくるから、埋めることにした。埋める場所を探さなければならないので、わたしは外へ出た。昼間は寒くて停めてある自転車が倒れるほど風も強かったが、夜はすっかりなまぬるい空気に覆われていた。

さっき天気予報を見ていたら、東京と大阪では気温が十度近く違った。その二つの街の間、わたしが今いる場所を、数時間前に冷たい空気と暖かい空気の境目が移動していったのだ。

マンションを出て、坂道を下った。坂道という響きに長い間憧れがあって、七年前にこのマンションに決めた。しかも途中に階段まであった。漫画の一場面みたいだと、不動産屋の人に連れられてここを初めて歩いたときに感動した。

坂を下りながら、前の日に読んだ西の新作漫画を思い出していた。ノートパソコンの液晶画面に、西の漫画は一コマずつ表示された。酒飲みの釣り人が川にも酒を分けていると土左衛門が恩返しに現れるという、わたしも好きな中国の昔話を現代の東京に置き換えた話だった。西の絵は、人間がときどきへビみたいになってかわいかった。

バス通り沿いに歩くと、犬を散歩させている人とすれ違った。見たことのない犬だった。顔はコリー犬に似ていたが、全体に小さく、足も短かった。連れている人はずっと犬に話しかけていた。

「疲れたか？　まだ疲れてないか？　帰りたいか？　そうか、まだ歩きたいのか」

わたしが歯を埋める場所を探しに外へ出た六時間後、太郎は、ベランダの手すりを乗り越えて立ち入り禁止の中庭に降りた。ようやく風も収まったようだ。部屋の明かりは消して出てきたので、暗い中で目を凝らし、隅に置いてあったコンクリートブロックを重ねて足場にした。必要な物を詰めてきた布袋の持ち手を片方ずつ両肩に掛けて背負っていた。ブロック塀に足を掛けたところで振り返ると、二階の左から二番目の窓だけ、明かりがついていた。昼間、二週間ぶりに巳さんに会った。前に太郎が渡した招待券で美術展に行ったら十万人目の来場者で記念品をもらったとよろこんでいた。太郎もうれしかった。巳さんはこんな時間に起きているのだろうか。太郎とは逆に、明かりをつけていないと眠れないのかもしれなかった。

太郎は、塀を乗り越え、水色の家の側に降りた。残っていた蔦の枯れた蔓で擦れた掌が微かに痛んだ。塀と水色の家の隙間をゆっくり歩いた。靴の下で、砂利が小さな音を立てた。

庭に出ると、空が広かった。夜の空には、星がいくつか瞬《またた》いていた。西の方から流れてきた雲が、街の明かりでぼんやりと白かった。

夜の空と雲は、太郎にいつもの雲の上の想像をもたらさなかった。代わりに、宇宙ステーションに滞在中の宇宙飛行士がツイッターにアップしていた画像を思い浮かべた。真っ暗な宇宙から見おろした夜の地表には、光の粒子で地図が描かれていた。この街は巨大な光の集合だった。あんなに遠くまでこの街の光が届くことが、太郎にはどうしても信じられなかった。子供の頃に読んだ科学の解説本で、直径二メートルの地球儀を作って地表の高低差を再現したとしても、エベレストでさえペンキを刷毛《はけ》で塗ったその僅《わず》かな厚みに隠れてしまうと書いてあったのにえらく感心した覚えがあり、そのような地表の誤差に過ぎないこの街の光が宇宙から見えるとは思えなかった。

飛行機から見た夜景が、脳裏に浮かんだ。夜の海のような暗闇に、光だけが寄り集まっていた。光があるところが、人の住む街だった。

月は沈んだあとだったが、塀の外に街灯があるので、庭は穴を掘るには十分な明るさがあった。庭は広かった。まだ葉の出ない百日紅の曲がりくねった枝の影が、地面に落ちていた。太郎は、梅の木の手前にしゃがんだ。ホームセンターで買った園芸用スコップは、デニムの後ろポケットに差してきた。梅の花びらが散っているところに、スコップを突き立てた。太郎は、ひたすら土を掻き続けた。土は、少しだけ温かかった。十分ほど掘ったところで、スコップの先が、硬いものに当たった。太郎は、手で土を払いのけ、慎重に周りを掘った。埋まっていたのは、石だった。丸い、ちょうど卵くらいの大きさの石。それがいくつも出てきた。取り出しても取り出しても、同じような石ばかりだった。穴の中から石がなくなったとき、穴の縁に石の山ができた。

石の代わりに、部屋から持ってきたすり鉢と乳棒と、トックリバチの小さな巣を、その穴に入れた。掘ったやわらかい土を両手ですくってかけ、すり鉢も乳棒も小さな徳利も見えなくなってから、スコップで残りの土を埋め戻した。

父が東京に来たことがあるか、聞いておけばよかったと思ったが、そんな質問をする機会がいつあったのか思い当たらなかった。しかし、確か、梅は好きだと言っていた覚えがある。世の中が大騒ぎする桜よりも梅のほうがいいと。そのとき太郎は、同意した。めずらしいな、と父は言った。同意したことがめずらしい、と太郎は受け取っていたが、違うかもしれない。花が好きだと言ったのがめずらしかったのかもしれないし、話をしたこと自体がめずらしかったのかもしれない。これからは、すり鉢と乳棒を見るのではないときに父を思い出すだろう、と太郎は思った。そもそも、このすり鉢と乳棒を父は見たこともなかった。

梅の木の隣の、一回り小さな木に顔を近づけると、枝の先につぼみが膨らみかけていた。西が言っていた「カイドウ」だった。最初聞いたときには植物の名前だとは思わなかったが、今は巳さんにもらった図鑑に載っていた写真の濃い桃色の花をはっきりと思い浮かべることができた。

今年の花を西は見られなかったが、自分は見ることができる。撮影して画像を送ることもできる。

二階のベランダに面した窓が、夜明け前の空を映していた。

太郎は、再びブロック塀の上に立ち、雨樋《あまどい》を伝って水色の家の二階のベランダに入った。

一階の縁側のサッシは新しいものに取り替えられていたが、二階の窓は古いままだった。先月ソファを引き取るためベランダに面した和室に入ったとき、窓の鍵が壊れかかっていて、サッシを叩くと開くことがあると森尾さんから聞いていた。そのとおりに、鍵がある場所を外から何度か拳《こぶし》で叩き、サッシを揺らしてみると、耳のような形の鍵が外れたのが確認できた。想像していた通りだった。太郎はサッシを開けて、靴を脱いで布袋に入れ、畳に上がった。

西が風呂場をいちばん気に入っていたのなら、太郎は二階の和室がいいと思っていた。太郎はすぐに寝転がる癖があるので、畳の部屋のほうが好きだった。写真集の中に、二階の和室の写真は五枚あった。馬村かいこが部屋の真ん中でブリッジをしていた。頭を畳につけ、両腕は自慢げに胸のところで組んでいた。馬村かいこは笑っていた。別の写真では、馬村かいこは側転をしている途中だった。動きが速いせいで、ぶれて写っていた。ぶれながらも、かいこの目の光ははっきりと捉えられていた。

部屋は、広々としていた。まだい草のにおいが少しだけした。太郎は畳に転がり、袋からフリースの膝掛けを出して、それにくるまった。頭を窓際に向けると、空が見えた。そういえば流れ星というものを一度も見たことがない、と太郎は思った。カラスの鳴き声が聞こえた。

太郎が目覚めたのは、太陽が高いところに昇ってからだった。スマートフォンの画面を確かめると、午前十時を過ぎていた。

階下から物音が聞こえてくる。複数の人の話し声も。寝転がったまま、耳を澄ませたが、言葉は聞き取れない。次の住人候補が内見に来たのだろうか、と太郎は警戒して起き上がった。

様子をうかがいながら階段を数段降り、手すりの陰からそっと階下を見てみた。紺色の作業服を着た人がいた。背中に黄色い文字がある。警視庁、と書いてある。同じ色のキャップを後ろ向きにかぶっていた。

「庭から女性の遺体が発見されました」

男の声。妙に通る声である。その声に聞き覚えがある気がした。

「昨夜、なにか物音をお聞きになりませんでしたか？」

「いいえ、なにも」

若い女の声。

太郎は、足音を立てないように一段、また一段と階段を降りた。踊り場まで来ると、鑑識班の隣にスーツ姿の男が見えた。その向かいに、女。

女は、うつむき加減でしきりに長い髪を触っている。その横顔は馬村かいこによく似ていた。縁側に置かれた籐椅子で読書している写真の馬村かいこを、太郎は思い出した。

「あなたは、昨日は何時頃お帰りになったんでしたかねえ?」

「なにがおっしゃりたいんですか、刑事さん」

「はい、オーケー!」

声が響き、階下は急にざわめきだした。照明が落ち、紺色の作業服を着た男たちが三人、廊下を行ったり来たりした。監督なのかスタッフなのか、次に撮影するシーンの指示を出している。

女だけは、同じ場所に立ったまま、顔を上げた。正面から見ると、馬村かいこにそれほど似ていなかった。むしろ、西に似ていた。しかし、そう思ったのも一瞬で、その女優の名前を太郎はすぐに思い出した。

女優は太郎の顔をじっと見たあと、手でなにか持ち上げるような仕草をした。二階に上がれ、という意味だと太郎はようやくわかった。太郎は女優にうなずいて見せた。女優の口が動いたが、なんと言ったのかわからなかった。

階段を上がって和室に戻り、袋を背負って、ベランダに出た。二階のベランダから外を見ると、駐車スペースにはワゴン車が二台停まり、路地を照明やマイクを持ったスタッフが行き来していた。いつ放送だろうか。撮影してから結構時間がかかるものだ。

太郎はベランダを乗り越え、雨樋を伝い、ブロック塀になんとか足をつけた。水色の壁に手をつきながら、慎重に塀の上を歩いた。よく晴れて気温は上昇していた。背中に汗が滲んだ。

佐伯さん家とコンクリート金庫と「ビューパレス　サエキⅢ」の境界まで来て、太郎は立ち止まった。水色の板壁に手をつき、アパートを眺めた。二階の左から二番目の「巳」室のベランダでは、巳さんが洗濯物を干していた。紺色の布と深緑色の布が並んでいたが、それを巳さんが着たらどういう形になるのか、わからなかった。「巳」と一階右端「亥」以外の六部屋は、空き部屋だった。

ベランダと窓が、整然と並んでいた。同じ形の窓の中には日が差し込んでいた。二階の部屋は壁に、一階の部屋は畳にも、日の当たっているところと影の境目が見えた。なにも変化するものはなかった。音を立てるものもなかった。日時計のように、日向と日陰の境界が動いていくだけだった。

太郎の部屋は、ソファでいっぱいだった。象牙色の布が部屋を埋めていた。塀の上に腰を下ろして、部屋の奥を覗くと、巨大な冷蔵庫が鈍く銀色に光っていた。
冷蔵庫の中にある豆腐を今日中に食べなければならないことを、太郎は思い出した。

糸

通りの向こうに住む女を、男が殺しに来た。

木曜の朝のことだった。

翌日の報道によると、男は「会って説明すればわかってくれると思った。話を聞いてくれなかったから刺した」と供述した。

男は、八年前に半年間、女と同じ職場で働いていた。七年前、女をかくまっていたその兄を、男は待ち伏せて鍋で数十回殴打した。兄は左目を失明し職を失った。

男は、一年前に刑務所を出て再び女を探し、一か月前から女のところには脅迫のメールが届き始めた。女は警察に相談し、アパートを警官が巡回していたが、朝、警官が立ち寄った三十分後、男はベランダの窓を割って侵入し、女を二十か所以上刺した。

徒歩と電車で逃走した男は、その日の夜、名古屋駅近くの路上で逮捕された。

アパートの前にはまだ黄色い規制線が張られ取材の記者もいたので、土曜日に長沼武史《たけし》を訪ねてきた客は三人とも、事件現場の前を通った、すぐ近くだ、怖い世の中になったものだ、と似たようなことを言った。

三番目に訪ねてきた「井上さん」は、線香を挿《さ》し、鈴《りん》が見当たらないので、手を合わせて目を閉じた。三十秒ほどぶつぶつ言ったあと、立ち上がると、ベランダに面して開いた窓から外を見た。

「四階でこんなに眺めがいいのねえ」

「ほんとですよね」

築四十年を超えるマンションは、南側がテニスコートほどの小さな公園、その向こうも二階建ての家ばかりなので、遠くまで見通せた。

公園には滑り台が一つあるだけ。桜はまだだが、白木蓮《はくもくれん》が咲く下のベンチで、若い男が一人、菓子パンをかじっていた。取材に来た一人かもしれなかった。ぴーぴーと甲高《かんだか》い鳥の鳴き声が聞こえた。三月半ばになって、ようやく暖かくなってきた。

長沼武史は、母親の住んでいたこの2Kの部屋に、前に一度だけ来たことがあった。数えてみたらもう二十年も経っていた。新宿から延びる私鉄の最寄り駅は平屋から高架になり大規模マンションもできていたが、そこから徒歩二十分のこのあたりまで来ると風景はほとんど変わっていないように見えた。

「いい人ほど早く亡くなるっていうけど、その通りよね。和恵さんはほんとうにやさしい人だったわ。いつも怒らないで、穏やかなの。どうしたらあんなふうになれるのかって、わたしたち、よく言ってたんですよ」

「そうでしょうね」

水曜日に火葬場から戻ったあと、武史は、窓際のテレビの隣に、折りたたみのテーブルを置いて、葬儀会場からもらってきた白い布を被《かぶ》せ、やはり葬儀会場から持ち帰った花、来客が持ってきた花、遺影と遺骨と位牌《いはい》、線香立てを並べた。

遺影に使う写真を探すのには手間取った。どこになにがしまってあるのか、全然わからなかったうえに、そもそも母は写真などほとんど撮っていなかった。結局、職場で写した集合写真を引き伸ばし、和装喪服と合成した遺影ができあがった。

連絡も行き届かなかったので、その翌日からぽつぽつと弔問客が来た。「井上さん」は、母が七年前まで勤めていた社員食堂での同僚だった。午前中に訪ねてきた「橋本さん」も同僚で、いっしょに来るつもりが、介護している九十五歳の義母が機嫌が悪くなってあれこれ世話を焼いていてこんな時間になったのだ、と着くなり「井上さん」は説明していた。

「わたしたちなんてねえ、ほら、集まれば愚痴《ぐち》や不満ばっかりで、誰でもそんなものだと思うのだけど、和恵さんだけは、絶対に人の悪口を言わないのよ、そうねえ、きっとその人の事情があるのね、なんて言って。仏さまみたいな人だって思ってたの」

「そうですか」

ドアが開く音がし、時生《ときお》の姿が見えた。ジャージの上下。ランニングしてくる、と昼前に出ていって、もう四時間も経っていた。

「あ、こんにちは」

時生は、来客に向かって頭を下げた。時生は武史の息子だが、一年ほど会っていなかったので、武史は時生の身長の伸び具合になかなか馴染《なじ》めないでいた。自分も時生の母親もそんなに背が高くないのに、なぜ時生がひょろひょろと会う度に細長くなっているのか、気味が悪いと感じることもあった。十六歳だから、きっとまだ伸びる。

時生は、遺影の周りに並ぶ花を覗《のぞ》き込み、いちばん大きな花瓶を持ち上げた。

「水、換えようか」

「ああ」

やさしくて気《き》が利くところも、父親にも母親にも似ていない。しかし顔だけは、父親にも母親にも似ていた。ちょうど中間だった。

最小限しか料理道具や食器のない台所で、時生は花瓶の水を捨て、勢いよく新しい水を注いだ。

「和恵さんにお孫さんがいるなんて、知らなかったわ。そんな話、少しも……」

「父と離婚してから、あまり連絡もとっていませんでしたから」

救急隊が到着したとき、和恵は玄関で倒れていた。頭の激痛に耐えながら自分で通報し、玄関は開けておきますから、と告げたあと鍵を開け、そこで動けなくなった。武史が連絡を受けたのは翌日の早朝、病院に着いたのはさらに夜遅くなってからだった。和恵には、血縁者は武史だけだった。そのことさえ、武史は知らなかった。年の離れた妹、武史の叔母に当たる人がいたはずだが五年前に死んでいたということを葬儀に来た人から聞いた。その人が誰なのかも武史ははっきりとは把握していなかったし、さらには和恵が七十一歳だったことも病院であれこれ確認したときに知った。もともと書類というものが苦手なうえに、葬儀やら各種の届けやら初めて経験することばかりで、武史は疲れていたし苛ついてもいた。これからこの部屋の整理をして退去することやあるかどうかもわからない母の預金や保険を調べなくてはいけないこと、それに葬儀費用の支払いも、考えただけで気が滅入った。

「さびしかったでしょうねえ。ずっと一人で暮らされてたんでしょう、こんな立派な息子さんがいらっしゃったのに」

のに、というところに「井上さん」は力を込めた。

「いえ……」

息子、などと呼ばれたのは何十年ぶりかだった。自分が誰かの子供だったことを、長い間忘れていた。

長沼武史は来月、四十七歳になる。それはそれで、信じられなかった。誰かの息子であることも、時生の父親であることも、年齢も、普段は考えていなかった。今日明日やることと、経営している二つの飲食店の今月か来月のやりくりのことだけが、毎日の武史の考えることだった。

来客は、武史が淹《い》れた煎茶を一口も飲まないまま帰っていった。電話で武史が香典を遠慮したので供え物として置いていった箱の中には、白い緩衝材《かんしょうざい》に包まれたデコポンがきれいに詰まっていた。

「誰？」

しおれかかっている百合《ゆり》を抜き取りながら、時生が聞いた。百合の花粉のにおいは、武史も時生もきらいだった。

「元の職場の同僚やて。ほら、お通夜でやたら泣いてたおばちゃんおったやろ、あの人といっしょ」

「おばあちゃんはやさしい人だったんだね。お葬式に来た人も、みんな、あんないい人が、って言ってた」

時生は、白い百合やトルコキキョウをまとめてごみ箱に捨てたあと、デコポンを二つ取り出した。床に仰向けになって伸びをしたあと、右肘をついて横向きになり、もう片方の手でデコポンをごろごろと転がした。

広くはない部屋の床で足を伸ばしている時生を、武史は食卓の椅子に座ったまま見おろして、長い、と思った。自分が産んだわけではないが、それでも、自分の目に見えないほど小さな一部から発生したものが勝手にこんなに大きくなるとは、息子が生まれたときには理解していなかった。時生がぎゃあぎゃあ泣きながら目の前に現れるまで、自分が誰かの親になるなど実現しないと思っていた。

「あんな、時生。教えといたる。いい人っていうのは、自分にとって都合がいい人、の略や」

時生は、軽く笑ってから、起き上がった。デコポンの一つに爪を立てて、皮をむき始めた。柑橘《かんきつ》のにおいは、一瞬で部屋中に広がるほど強かった。

「素直な人間のほうが、結局は幸福な人生を送れるって、ななみちゃんが言ってたよ」

「幸福」

武史は、息子の言葉を繰り返した。その単語が会話で普通に口に出されるのを聞いたのは初めてかもしれないと思った。なにかの本で読むのではなく。

「ななみちゃんて、誰や」

「友だち」

「かわいい?」

「お父さんの趣味がわからないから、なんともいえない」

時生は、デコポンの中身を一つずつ外《はず》して、ゆっくり食べた。和恵の通夜が終わるころに、時生は武史の元妻と一緒にやってきた。武史が和恵の部屋に一、二週間は滞在すると話していると、その近くに行きたい大学があるから見学したい、と時生は言って、葬儀のあとについてきた。たまに会っていたものの、武史が時生と同じ家で寝起きするのは、離婚した十年前以来だった。四月から高校二年になる時生がもう行きたい大学を決めていると聞いて、武史は、宇宙からやって来た生命体が人間に入り込む映画を思い出した。

「おまえ、頭ええな」

武史が声を掛けると、時生は顔を上げた。

「頭ええやつの答え方や」

「お父さんは、ちょっと感じ悪いかも」

デコポンを食べ終わった時生は、立ち上がって、もう一つのデコポンを自分の父親の前に置いた。

「女の子の名前聞いた途端に、かわいいかどうか聞くなんて」

「そうやな。頭悪そうやな」

武史は柑橘類は嫌いで、別の来客が持ってきた最中《もなか》を食べた。

和恵が寝起きしていた和室には、簞笥《たんす》が一つ置いてあった。新しい洋服はほとんどなかった。母がどういう人なのか、武史にはよくわからなかった。子供のころも、今も、確かに「やさしい」人だったのだろうが、地味で、退屈で、よそよそしいとさえ思っていた。片付いてはいるが特に目をひくところのないこの部屋を、賃貸ではなく母が買っていたことは、母が死んだと知った瞬間よりも驚いたかもしれない。母が自分の意志で大きな決断をすると、想像したことがなかった。二十年前にここに来たときも、特別印象に残ることは話していない。その前後の五年ほど、武史は渋谷のイタリアンレストランや池袋の居酒屋で働いていて、近況を報告した程度だ。母は、がんばってるのね、大変ね、とありきたりの返答をし、自分はずっと同じ食堂で働いていると言った。似た仕事してるのね、と親子らしい会話といえばそれくらいだった。それに、体だけはだいじにしてね、といった類のことと。父親のことは互いに一言も口に出さなかった。

夜になって、武史は時生と駅の近くまで歩いて行き、時生の希望で回転寿司店に入った。五分ほど待ってU字型のカウンターの隅に並んで座った。

仕事帰りの会社員、近くの大学の学生、老人、と客の九割は男だった。

狭い店を少しでも広く見せようと向かい側の壁面は鏡になっていた。武史からは、スーツの男と薄着の老人のあいだに、自分と時生の姿が映っているのがちらちら目に入った。たまたま隣り合わせた他人同士にしか見えない、と武史は思った。しかし、それは自分の願望かもしれない、とも思った。

長沼武史の父は落語家だった。武史が子供のころは関西ローカルのテレビ番組に出演することもあり、それなりに収入もよかった。

父が帰宅してきた足音とドアを開けるその音で、機嫌がいいか悪いか、武史にはすぐわかった。悪いほうの足音が聞こえるとすぐにテレビを消して、身を固くしていた。

散らかしている、挨拶ができないなどと怒鳴りつけることもあったし、おまえはなにをやってもだめな子供でかわいそうだと泣くときもあったし、一言も口をきかずに立っていて武史がなにか話しかけた途端にビール瓶を床にたたきつけたこともあった。父の行動に法則がないことが、武史にとってもっともおそろしいことだった。たとえばテレビの仕事があった日は機嫌がいいとか悪いとか、武史が実際散らかしていたとか挨拶をしなかったとか、こういう場合にこうなるというつながりを見つけることができなかった。武史が同じことを言っても、日によってまるで反応は違った。学校の授業で褒められたと報告して、大喜びした上に小遣いをくれることもあれば、いい気になってるんやろ世の中はそんなに甘くないんやと二時間正座をさせられたこともあった。手がかりは、足音とドアを開けるときの、その気配だけだった。

どんなときも、母は変わらなかった。ものを投げつけられて怯えていても、部屋の隅で正座をさせられていても、母は武史のそばにいた。すぐそばにいて、武史の肩にやわらかい手を置き、いつも同じことを小さな声でささやいた。

お父さんは怒ると怖いから我慢してね。

武史が見上げる母の顔は、少し困ったようでもあったし、面倒そうにも見えた。武史が八歳で母は家を出た。母が最後に振り返ったときも、いつもと同じ顔だと、武史は思った。しばらくして別の女が来て「母」と呼ぶことになった。その人は親切にしてくれたし、一年ほどは穏やかに過ごしたが、その後その人は父が怒鳴れば自分も怒鳴り返し物を投げられれば投げ返したのでときどき警察も家に来た。さらに二年してその人も出ていき、武史が中学三年になるころには、父が家に帰ってこなくなった。生活費と高校の学費は父方の祖母が出してくれてなんとか高校を卒業したあと、神戸や大阪、東京の飲食店に数年ずつ勤め、十七年前に自分の店を持った。時生が生まれたのもそのころだった。

父は八十歳近いがまだ高座に上がっているらしく、このあいだたまたまテレビのローカルニュースでその姿を見た。大げさな表情で笑いを誘い、昔よりも健康そうだった。

「おばあちゃんて」

時生が言い、武史はぼんやり見つめていたベルトの上の皿からようやく目を離した。

「おばあちゃんて、おかあさんと似てるところ、ある？」

「せやなあ、大阪で知り合った男と結婚して子供産んで、離婚して東京に住んでるから、似てるかもな。あ、二人とも名前に恵がつく」

「そうじゃなくて、顔とか、性格とか」

「……さあ、ないんとちゃうか」

武史は、カウンターの中の板前に鯛《たい》と縁側《えんがわ》を注文した。

「光恵さん、ちょっと太ったな」

葬儀場で五年ぶりに会った元妻は、年齢よりもずいぶん若く見えた。光恵は武史の母には会ったことがなかったので、どういう態度でいればいいのか戸惑っているようだった。

「いや、ほめてるねんで。あれぐらいのほうが、健康的っていうか。前はもっと、ぎすぎすした感じやったやろ」

「お父さんは、言葉の使い方が下手なんだね」

「そうかもな」

客はほしいものを直接頼むほうが多いので、ベルトに載って目の前を通る皿は、誰にも取られずにずっとある。同じ鮪《まぐろ》や烏賊《いか》が、何度も何度も通り、見るたびに乾いていった。時生は、その乾いた鮪を取った。時生は来る皿を取るだけで、注文することもなかったし、武史が何かほしいかと聞いても、あんまりわからないからいいと答えた。

「大学行ってなにするんや」

「勉強」

「なんの?」

「宇宙とか?」

「物理か」

「わからないけど、宇宙について考える」

「そうか」

武史は瓶ビールを傾けながら、カウンターにいる年取った板前二人を眺めた。

片方が要領が悪いのに苛ついた。武史は大阪で自分の店を持っていた。夜遅くてもうまい洋食が食えて酒が飲める店、という自分の希望を実現し、そこそこ客も入って、五年前には二店舗目も出した。その二店舗目を任せている店長がアルバイトたちを統率して、このごろは自分が疎《うと》まれているのがわかっていた。自分の店なのだから店長を辞めさせるなりすればいいのだが、店自体に一時の勢いもなくなっているので、いっそ閉めて、本店だけにしようかとも考えていた。

「がんばれよ」

「うん」

時生は最後に、ソフトクリームだけ自分で注文した。

コンビニに寄ってから帰る途中、事件のあったアパートに続く路地の前を通った。記者も警察関係者も見当たらなかったが、黄色いテープは張られたままだった。アパートには、明かりがついている部屋もあった。静かだった。

武史は、コンビニで買ってきたピスタチオを噛みながら、ハイボールを作っては飲み続けた。つけっぱなしにしていたテレビでは、映画が始まった。夜中に、しかも三十年も前の映画を放送しているなんて今どきめずらしい、と思ったら、最近死んだ俳優の追悼企画だった。

テレビ画面からの青みがかった光を浴びる遺影の母は、ぼんやりとしていた。ピントも合わないうえに引き伸ばされて、近寄れば近寄るほど誰かわからなくなった。顔にさえ見えなくなった。ただの印刷物だった。

手元のスマートフォンに「遺品整理」と入力すると、業者はいくらでも出てきた。どのサイトも明るい色使いで、テレビで紹介されました、お任せください、などと書いてあった。

襖《ふすま》が開いて、時生が顔を出した。

「まだ起きてるの？」

「うるさかったか。悪いな」

時生は床に手をついて寝ぼけた目のまま、瞬《また》いているテレビのほうを見た。

田舎の家に大勢の親戚が集まって、なにやらもめている場面だった。長男が立ち上がって家は継がないと宣言し、次女が兄は勝手だと泣き、おじやおばがなだめ、孫たちは庭で遊んでいた。二週間前に死んだのはその長男役の俳優で、父役も母役も、おじ役も、もう他界していた。

二間続きの広い和室も縁側も、緑豊かな風景も、武史の子供時代の記憶とはかけ離れていた。

「おれが生まれたときに生きてた人は、もう半分ぐらい死んだんやろな。もっとか」

武史がつぶやいた。

時生はなんどかぎゅっと瞬きしてから、言った。

「地球の人口はだいぶ増えたよ。倍ぐらい」

テレビはＣＭになった。ノンアルコールビールを、若い女がぐいぐいと飲んでいた。

「ああ。そうやな」

「おれ、明日の朝、帰るね」

「そうか」

武史はテレビをつけたまま、掛け布団を敷いた上に寝て、毛布をかぶった。敷き布団は一枚しかなく時生が使っていた。カーペット敷なので思ったより寝心地は悪くなかったが、疲れているせいか、体はだるく頭もしびれるような眠気があるのに、なかなか意識が消えなかった。少しうとうとすると、はっとまた覚めた。それを繰り返しているうちに、体の表面の感覚が鈍って、軽く浮き上がるように感じた。

それを、武史はずいぶんと久しぶりに思い出した。

子供のころ、たぶん小学校に上がる前まで、毎晩布団に入ると、武史は必ずこれを感じていた。

自分の体は、糸巻きみたいな塊だった。糸がぐるぐるに巻き付けられた大きな黒い塊だった。その大きな塊を、暗闇の中の画用紙に立てて、線を描く。クレヨンみたいな、滑らかで太い線が暗闇の中にどんどんと描かれていく。自分はその糸巻きみたいな自分の塊を握っている。掌に、握っている感覚がある。クレヨンを握りしめるみたいに、握ってひたすら画用紙にこすりつける。線の上に線を描く。夢中になって、描き続ける。

線が増えるたび、高揚していって、わっわっわっと女声のコーラスが聞こえてくる。周りの空間がぐらぐらと揺れる。だんだん糸巻きみたいな塊は細くなっていく。線も細くなっていく。

自分の塊は細くなって、鉛筆みたいになって、それから一本の糸くらいになる。握りしめた手の中で、細い糸はとても頼りなく、ついには消えてなくなる。

そうすると、眠りが訪れた。

ようやく、眠れた。

武史は、二店舗目を、元は客だった飲食チェーンのオーナーに譲り、本店は長いつきあいの料理人に任せて、十一月の初めに、東京の和恵が住んでいた部屋に戻ってきた。渋谷で働いていたころの知り合いのつてで東京で店をやるつもりだったが、当てが外れ、別に紹介された物件も話はまとまらなかった。年末までに決められなければ、遺品も部屋も処分するつもりだった。母の遺骨はまだ部屋に置いたままだった。

週末になるたびに、時生が泊まりに来た。珍しいからじゃない？　と元妻は言った。父親と話すのにまだ飽きていないから、と。

十一月の終わり、急に寒くなり、ベランダから見えていた桜も茶色い葉を全部散らした。

木曜の朝、武史がベランダに出て煙草を吸っていると、あのアパートのベランダに人の姿が見えた。殺された女の住んでいた二階の部屋が、手前の家と家のあいだにちょうど見えるのは、三月の事件のときから知っていた。いつ見ても閉じていた雨戸が開き、若くはなさそうな太った女が窓を拭いていた。新しい入居者は当分こないだろうから、大家か関係者だろうか。武史は冷たい空気にゆっくりと煙を吐きながら、その部屋や周りの家々や薄い水色の空を眺めていた。母が三十年間見ていたはずの景色だった。

窓を拭き終わった女は、ベランダに立ったまま、ガラス越しに部屋の中を見ているようだった。しばらくしても、全然動かなかった。武史は少し怖くなって、部屋に戻った。時生は高校に行く支度をして、もう出るところだった。光恵が上海に出張だからと言って次の週末まで泊まる予定だった。

「早起きまでせなあかんのに、なんでうちにおるねん」

「電車がラッシュと逆方向だから、かえって楽だよ。行ってきます」

「おお」

武史は、カップに残っていた冷めたコーヒーを飲み干した。洗濯物を干すためにもう一度ベランダに出たときには、あの部屋のベランダには誰もおらず、いつも通りに雨戸が閉まっていた。


午後九時、駅から歩いてきた時生は手元のスマートフォンで、ななみとやりとりしていた。街灯の少ない静かな一本道で、小さな液晶画面の青白い光が、時生の周りだけを照らしていた。

〈明日、来ないんだって〉

〈えー〉

〈行く意味ナシ〉

〈まゆぽんだけ来る〉

〈最悪〉

〈だよね、じゃ、八時に図書室で〉

ななみは、時生が同じクラスの男子生徒を好きだと気づいて話しかけてきた。自分もその男子生徒が好きだから、協力して彼女のまゆぽんと別れさせよう、と情報交換することになった。好きな漫画の趣味も似ているし、志望大学も似たようなあたりなので、ときどきは図書室でいっしょに勉強することもあった。当の男子生徒に二人がつき合っていると誤解されているのをどう訂正するかが、目下の課題だった。

急に、周りが明るくなった。そばの家の防犯用ライトが反応して、点灯していた。

時生は立ち止まった。スマートフォンを持つ手を下ろし、顔を上げると、ガレージ入り口に設置されたカーブミラーに映る自分の姿が目に入った。暗い道で、自分だけがスポットライトの中にいるみたいだった。

三月の朝、ちょうどここで、男とすれ違った。髪は肩につくくらい伸ばしっぱなしで、よれよれの古ぼけたジャンパーを着ていた。つんのめるように歩いて行く男の顔を、時生は一瞬だがはっきりと見た。

男は、にやにやしていた。自分の思いつきがおもしろくてたまらない、というような笑みだった。

時生はそのまま駅の向こう側にある私立大学まで歩いて行き、武史からのメールで事件のことを知ったとき、あれが殺しにきた男だったのだとすぐにわかった。殺された人のアパートへ向かっていたと、わかった。だが、警察には言わなかった。武史にも、誰にも、言わなかった。

そのあと時生は、何度も、あの顔を思い出した。それはなんの前触れもなく、急に頭に浮かんだ。すれ違った瞬間のように、充血した目が、鮮明に見えた。だんだんと頻度は減ってきていたが、これから忘れていくのか、それともいつまでも突然甦《よみがえ》ってくるものなのか。完全に消えることはないだろう、と時生は思っていた。

スポットライトは消えた。風は収まったが、空気はいっそう冷たくなった。スマートフォンをポケットにつっこんで、時生は歩き出したが、道が緩い上り坂になったあたりで、再び足を止めた。

道路の真ん中に、握り拳より一回り大きい塊が落ちていた。蛙だった。しゃがんで目を凝らすと、喉の下が動いた。生きていた。蛙の表面はでこぼこして、街灯の光に縁がうっすらと輝いていた。

港に近い高層マンションで育ったので、こんな大きな蛙が道をうろうろしているところを初めて見た。ぼってりと太って、触っていなくても掌にその重さを感じた。

トノサマガエルなのかガマガエルなのかイボガエルなのか、種類の区別も知らなかった。冷え込んで風も乾いたこんな季節にそこらをうろうろしているものなのか、不思議に思って周りを見回した。周りの家には狭い庭と植え込みがあるが、水辺はなさそうだった。

アスファルトに光が差し、宅配ピザのバイクが時生を避けて通った。こんなところにいたら轢《ひ》かれる、と思ったが、蛙があまりにも堂々とそこで落ち着いているように見えたので、たとえばそばの家の植え込みに運ぶなどの選択はなんとなく躊躇《ちゅうちょ》した。こんな大きな蛙を触ったことがない、ということもあった。

時生は立ち上がった。十メートルほど行って、振り返った。一方通行の狭い道路には、車の姿は見えなかった。人影が二つ見えた。さらに十メートル進んでまた振り返った。中年の女の声が響いた。

「あらやだ、びっくりした」

「なんだ、蛙か」

男の声。夫婦だろう。父よりももっと上の世代。

「こんなところにいると、轢かれちゃうんじゃない？　ちょっと、ねえ」

女のほうは、蛙の近くの道路を踏んで音を立てるが、蛙は動かないようだ。

あのひとたちも気にしている、と時生は思った。

「ほっとけよ」

夫婦も歩き出した。そのすぐあと、また暗い道に光が差した。二つのヘッドライトが、坂の下に見えた。

「車が」

女の声。強い光に、夫婦のシルエットがくっきりと浮かんでいた。蛙は見えない。

「ねえ、車」

時生は、引き返した。ゆっくりと、しかし確実に近づいてくる光に向かって、足を速めた。

「あっ、ああーっ、あーっ」

女が叫んだ。一瞬、道路の表面の小さな黒い塊が、時生にも見えた。次の瞬間、車がその上を通った。タイヤはちょうど蛙がいた場所を通過した。黒い車体を光らせてドイツ車が時生のすぐそばを走り抜けた。

「ああっ」

突っ立ったままの女が叫んだ。

時生は、その場所を見た。

蛙は、そこにいた。さっき見たときと変わらず、ぼってりと重そうな体で、じっと動かずに、飛び出た黒い目が僅《わず》かに輝いていた。

夫婦は角を曲がっていった。時生がしばらく見ていると、蛙は跳び、空家に茂る雑草の中へ消えていった。

「さっき、触ってみればよかった」

見えない

アパート二階、右端の部屋の住人は、眠ることがなによりの楽しみだった。起きている時間も、床に転がり、眠気を感じて意識が薄れていく刹那《せつな》がなによりの幸福だと考えていた。散らかった部屋は、壁のうち二面が天井までの書棚になっており、今まで一冊も捨てることなく増える一方の本が詰まっていた。住人は、何年も眠り続けたのち、もしくは働かずに何年もぶらぶらしていた者が、期せずして幸運に恵まれる類の話が好きで、そういう話の本は同じ一段に並べてまとめていた。目が覚めると邪魔者は皆死んでいて王子が現れたり、巨体の力持ちになって活躍し村人から感謝されたりする話さえあった。自分がいつかそうなる、と、そこまでの願望はなかったが、古今東西、役立たずにも少しは活躍の機会があると思うと心が安らいだ。

しかし、住人は連続しては三時間しか眠れなかった。しばらく起きてもう一度眠ることはできるが、何年も眠り続けるなど遠い夢のようだった。

ぱちん、ぱちん、と音が聞こえてきて、誰かが爪を切っている、と思った。それにしては、音が大きい。響いてくるこの確かな、手応《てごた》えというか、空気の振動から思い浮かんできたのは、これはたぶん、東大寺の盧舎那仏《るしゃなぶつ》の指。ゆるく曲げられたふくよかな指の皺《しわ》と、爪。掌《てのひら》から指へと若い僧侶がよじのぼって、大きな植木鋏《うえきばさみ》を両手でなんとかあやつろうとしている。形の整った爪。Ｘの字の形に開かれた、鋏。

ぱちん。

目を開くより先に、意識のほうが覚めて、人の気配に気がついた。カーテンが掛かる窓の向こうに、誰かがいる。がさがさ、ごつごつ、と動いている。ここは二階だ。それよりも、高い位置に、人間の気配がある。

起き上がり、すでに高い角度から差し込む日差しに透けている薄緑色のカーテンを少しだけめくり、布と布のあいだから窓の外を覗いた。

ない。

木が、なかった。正確に言うと、アパートの裏の家の敷地に立つ二十メートルはある大木の、枝がすでにほとんど落とされていた。

ガラスの向こう、驚くほど近い距離のところで、鋏を持った植木職人は、焦げ茶色の、盧舎那仏の手指のあいだに立っているようにも見えた。しかしそこは、大木の中ほどの太い枝が分かれるところだった。安定した床の上にいるかのように軽々と、中空で作業をしていた。

そして、右斜めの角度には、マンションが出現していた。昨日眠りにつく前も、そこにあることは知っていた。が、密集している上に伸び放題の枝葉に隠れて端のほうしか見えず、見えないのはすなわち、ないも同然だった。

しかし、今はある。

古い四階建てのマンション。ベランダはなく、縦より横が少し長い、平均的な大きさの腰高窓が並んでいた。それぞれの窓には妙に優美な角度に曲げられた鉄の柵がくっついている。三十年か四十年前に流行ったスタイル。今日は土曜日。三月に入ってもずっと続いていた寒さが急に緩んで、とてもよい天気なので、縦に四つ、横にも四つ、合計十六並ぶ窓の中には、開いている窓もあった。柵に毛布を干している窓。上部に取り付けられた竿《さお》にTシャツと靴下を干している窓。薄暗い色のカーテンもぴったりと閉められたままの窓。どこにも、人の姿は見えない。

「おーい」

太い幹の上で、ふわふわと動きながら枝を見定めていた植木職人が、下に向かって声を掛けた。住人は、声の向かうほうへ、視線を動かした。高いブロック塀の際で、もう一人の植木職人が担いだ銀色の脚立《きゃたつ》がすっすっと移動していく。

「おーい」

木の上の職人が、もう一度呼んだ。住人は再び視線を上げた。その直後、木の上の職人が突然こっちを見た。それで住人は、慌てて窓から頭を引っ込めた。窓際にくっつけて置いたベッドの上で、カーテンを閉めていると、確かに昨日より部屋が明るくはあるが、窓の外にあの勢いよく茂った常緑樹がないとは、嘘のような気がしてきた。見間違いだったのかも、と思った。

ぱちん。

植木鋏の刃の音がまた響いた。

少し考えて、住人はまた布団に潜って眠った。そうして、大仏殿の、大仏の目の高さのところにある二つの窓によじ登り、平城京を眺める夢を見た。

住人がここに引っ越してきたのは、二年前の夏だった。何に関しても飽き性《しょう》なのに不精《ぶしょう》でもあり、新しい部屋に住み始めて半年でもう間取り図ばかり見始めるのだが実際に行動するのは更新時期に迫られてからになる。二年ごとに引っ越すから、家探しはそれなりに慣れたものだった。不動産屋とともに内見に訪れた際、猛烈に暑い日で、エアコンを入れない部屋に入ると息苦しいほどだった。部屋の奥、玄関と対角線上に位置する大きめの腰高窓を開け、雨戸のシャッターががらがらーっと上がった瞬間、その四角い枠いっぱいの濃い緑の葉を、部屋の中まで襲ってきそうに伸びた枝葉を見た瞬間に、ここでいいか、と思ったのであった。

その土曜日は夕方まで、植木屋たちが枝を切ったり草を刈ったりそれを片付けたりしている音と気配が止むことはなかったので、住人は窓もカーテンも開けなかった。

一日中、木のことをずっと考えていた。あれだけ枝が伸びるには何年かかったのだろう。互いに重なり合った厚い葉の奥、ほとんど日も当たらないその中には節のような蜂の巣のようなものが見え、実際去年の初夏にはクマバチを何匹も見た。クマバチはまあるい体に小さい羽根、胸は黄色い毛で覆われてふさふさしたチョッキみたいで、「くまのプーさん」に似ていた。他にも虫や鳥の巣があったはずだけど、それもみんななくなってしまっただろうか。

商店街まで夕食を食べに出て、そば屋で鴨つけ汁そばを頼んだ。茶色いつゆの表面に浮かんだあぶらの円の一つ一つに、天井の蛍光灯が映っていて、住人はそれらを一つずつ箸《はし》でつついて、くっつけていった。

窓の外にあった常緑樹は、越してきて以来、住人がいくら調べても種類がわからなかったのだった。以前に木が好きな知人から半ば無理矢理押しつけられた樹木図鑑があり、確かにその本は見分けるポイントが葉、幹、枝振り、花等のそれぞれについて明瞭に分類してありわかりやすかった。もらい物でたいした労もなく博識になった気分で、それは眠っていればいいことがあるという信条にも適《かな》っていたが、その木だけは、葉を見れば幹が違うし、幹を見れば花が違う、落葉でもないし、実もできない、という調子で、どうしてもわからない。もちろん、他の図鑑やインターネットでも調べた。謎、というには、それぞれの要素は平凡で、ただ組み合わせが正解でないだけなので、住人はその木を「雑種」と呼ぶことにした。

「雑種」は、腰高窓の外の世界の右半分をまったく覆っていた。左側の世界にも伸びた枝の隙間には、アパートの裏の古い家が見えていた。敷地は広いのだが、小さな建物は板張りで、ところどころトタンの波板で補強してある。どう見ても廃屋で人の気配もまったくなく、夜になると茂った大木が作る闇と一体になってそこだけぽっかりと暗闇の沼みたいになっていたが、一度だけ、珍しく雪が積もった真夜中、小さな窓に明かりがついていた。カーテンのない、磨《す》りガラスの窓は均一に黄色っぽく光り、しかし、何の影も、そこには映らなかった。

「雑種」は季節を問わず少しずつ伸びていたようで、その一度だけ光っていた小さな窓も、いつのまにか伸びてきた枝の陰に隠れてしまった。

その枝も、すべて切り落とされた。

住人が、改めて「雑種」の全容を見たのは、夜九時すぎだった。そば屋で食べた鴨の味を反芻《はんすう》しながら、部屋の明かりをつけないままカーテンをめくってみた。夜の曇り空はほの明るく、ところどころ隆起した太い幹が意外にもしっかり見えた。そして、裏の敷地に建物というか小屋がもう一つあったことに驚いた。

植木屋が来たということはやっぱり誰か住んでるってこと？　それとも、管理者が他所《よそ》にいるのか。

右側の世界は、一面の葉の密集から、窓が縦4つ×横4つ並ぶマンションの壁に変わっていた。このアパートとちょうど九〇度の角度で建つマンションの十六の窓のうち、五つに明かりがついていた。

四階のいちばん向こうにある窓（4の1、とする）は、カーテンがない上に明かりもつけっぱなしで、窓際に置かれているスチールの棚の上部がよく見えた。ファイルらしきものがいくつか乱雑に立てられている以外は、棚はすかすかだった。ものに埋もれて暮らしている住人は羨ましく思った。4の4、3の2、3の4、2の1は、ぴったり閉まったカーテンのそれぞれの色が明かりに透けていた。ほかは暗くて人の気配がなく、そのうち2の2の柵には毛布が干しっぱなしで、1の1から4は窓の下三分の二がブロック塀で隠れて見えなかった。

翌朝、六時すぎに住人は目が覚めた。カーテンをめくって頭を突っ込み、日光の下で改めて裏の古家を確認した。一度だけ明かりがついていたことのある小窓は、蔦《つた》の蔓《つる》に覆われてしまっていた。今は葉が落ちているが、神経のような蔓が、縦に斜めに、何本も走っている。蔦は人の気配がなくなった途端に窓にも伸びてくると聞いたことがあるから、やはり住人はいなくなっていて、「雑種」の枝を落とし雑草を刈ったのは家を売る準備なのかもしれない、と思いながら、「雑種」の立派な幹の向こうに並ぶ、マンションの窓×16に視線を移した。

かなり角度のついた斜めから、しかも向こうのマンションのほうが少し土台が高いらしくて二階以上は見上げることになるので、部屋の様子はあまり窺えない。光を反射した窓ガラスしか見えない。

黒いものが動いているのに、気づいた。3の3の柵の間から、黒い動物の頭が突き出ている。犬。前足を窓枠に掛け、外を必死に見ている。ペット可なのかー。他にもいるのかな。猫も飼えるのかな。

そこから手前の3の4に視線を移して、あっ、と思った。白い手が見え、窓を開ける瞬間を目撃した。窓枠の真ん中を持ってすっと開けた白い手は、それから空中に差し出され、雨でも確認するみたいに掌を上に向けて、それからひらりと引っ込んだ。

以後、毎朝六時から七時のあいだに目覚めると、住人はカーテンをめくり、マンションの窓たちを一つ一つ確認するのが習慣になった。

3の3の窓の犬は、七時前後の二十分ほどほとんど毎日柵の間から外を眺めていることがわかった。何度か頭を引っ込めることがあっても、また戻ってきて、鉄棒の隙間に頭を突っ込み、窓枠に細い前足をかけて、なにかを探すように時折頭を左右に動かす。見えないが、しっぽが勢いよく左右に振られている図が住人の頭には浮かんだ。でも本当は、あの犬種のしっぽがどういう形をしているのか、知らなかった。

そしてその犬が引っ込むか引っ込まないかの時間になると、3の4の窓が開き、白い手が現れ、消えた。会社から帰ってくると、3の3の窓も3の4の窓も閉まっていた。皆、規則正しく生活している。

しかし、いくら眺めていても、その手以外に、どの窓にも人の姿を見つけることはできなかった。こちらのほうが低い位置にあるから、圧倒的に不利である。どこかの窓から、自分を見ている人がいるかもしれない、と住人は危惧したが、それはうっすらとした期待でもあった。

3の3の犬を眺めたり、2の4の干されたまま雨に濡れている洗濯物の心配をしたり、4の1のカーテンがない窓に人の姿を探したりしているあいだも、ずっと気がかりなことがあった。「雑種」は、また葉や枝が生えてくるのだろうか?「雑種」の枝は、太く分かれた六、七か所だけが残され、その先から伸びていたはずの細い枝はすべて落とされていた。春、これから桜や新緑が見頃、というときに緑色の部分はすべてなくなってしまった。太い枝の根本の部分がぼこぼこと盛り上がっているのは、きっと何度もこうして切り落とされてはそのあとにまた新芽が出てきて、それが繰り返された結果なのだろうと推測できたが、それにしても、こんなにただの一枚も葉がなくなってしまっては、今度こそもう生えてこないかもしれない、と思えてしかたなかった。他の木々が新緑をぼほわわっと吹き出しても、「雑種」には何の変化もなかった。

ところで住人は、会社勤めをしていた。現在の場所に通い始めていつのまにか六年が経過していた。「主な仕事は東南アジアからの輸入品の解説書翻訳」と募集要項には書いてあったが、要するに会社の事務全般だった。会社は住宅街の古いマンションの一室で、面接に来たとき、こんなところに、と思った。しかも社長は神戸生まれの神戸育ちだが両親はインド人。ボリウッド・スターのような外見に大声で関西弁をしゃべるので、このあたりでは目立つ。社長は週に一回、神戸にある本社からやってくるだけで、その他の時間は従業員四人が、１ＬＤＫの室内で仕事をしている。住人は、隣に座る先輩のデスクの上に置かれた、子犬の日めくりカレンダーに目を留めた。この人なら知っているのではと思い、３の３の犬の特徴を説明した。あのー、ちょっと聞いてみるんですけど、犬で、柴犬よりちょっとちっちゃいくらいの大きさで、すっごい細くてつやっとしてて、主に黒くて耳とか顔とか足の先は茶色い、顔の尖った感じの犬って……、

「ぴんしゃー」

パソコンの画面から目も上げず、無表情に先輩はつぶやいた。

「犬なんですが」

先輩の発した単語が犬と結びつかず（テリアやハウンドなら予想内だった）、住人は聞き返した。先輩は繰り返した。

「ミニチュア・ピンシャー」

ミニチュア、が付くと多少犬っぽく感じられた。

「へえ」

「十万ちょっとだね」

住人には犬の値段、というものを考える習慣がなかったので、先輩がなんのことを言ったのか、また一瞬、ぽかんとしてしまった。そうか、あれ、売ってるのか。

ベランダに面した窓からは、雨に濡れている隣の家の屋根が見えた。

自分のアパートの裏のあのマンション、あの十六の窓のどれかのなかにも、こういう会社があったりするのだろうか。

前に勤めていた会社は大きなオフィスビルにあって、眠くなるとときどきトイレで寝ていたのだが、ここではすぐバレるのが住人の悩みの一つだった。

ピンシャー、ピンシャーと唱えながら、住人は帰りに駅からの道をいつもの二つ手前で曲がった。いつも眺めているマンションを確かめに行こうとしていた。住人のアパートとマンションは裏側はすぐそばなのだが、表は区画の反対側に向いており、しかもマンションは細い路地のずっと奥にあるらしく、全容を見たことがなかったのだ。二つ手前で曲がって、左にある路地に入る。さらに鈎《かぎ》の手に曲がった先、突き当たりに木の門があった。周囲とは年代の違う古い門。どうやら大地主らしいその敷地の一部にマンションは建っている。木の門の左側に、鉄製の門扉が付いた細い路地が伸びていて、手前に二棟のアパート、いちばん奥にマンションがあった。手前の崩れそうなアパートに隠れて、見えるのはマンションの上部。灰色の壁に4の1と3の1の部屋の、いつも見ているのとは別の窓が、縦に並んでいた。

ミニチュア・ピンシャーを連れた飼い主が路地から出てくるのではないかと、しばらく待ってみたが、現れなかった。灌木《かんぼく》の茂みの隙間から、路地を掃いているらしい人影がちらちらしていた。しゃっしゃっという箒《ほうき》の音だけが響いていて、ふと、それがはっきりと聞こえるほど周りが静かだと気づかされて、振り返った。袋小路も、だれも歩いてこない。

もう一度マンションを確かめると、4の1の縦長の窓に、白い光が見えた。電灯がつく瞬間を見逃したことが、どうにも悔しかった。いつも見ているスチールの棚の裏側が、影になって映っていた。三階の縦長の窓には、サボテンらしき鉢の影があった。

四月末から住人の会社は九連休になり、郷里で法事と友人の結婚式などもあったので、飛行機で二時間分離れた郷里の街で九日間のすべてを過ごし、そして再び二時間飛行機に乗ってびゅーんと帰って来て、夜遅くなったし疲れていたのでそのまま寝床に潜り込んだ。

翌朝、雨戸のシャッターを開けて、住人は心底驚いた。「雑種」に、たっぷりと葉が生えていたのだ。

発光するように鮮やかな黄緑色の葉。それがぎっしりとついた細い枝が、何百本も出現し、しゅうしゅうと花火みたいな形に伸びて、「雑種」の姿はまったく違うものになっていた。

葉は、枝が落とされる前まで生い茂っていた葉に比べると、まるく、二回りは大きくて、別の種類のように見えた。ヤドリギなどの寄生植物の可能性も検討したが、やはり「雑種」の幹の全体から、噴き出しているようだった。

「雑種」が再び季節を繰り返し始めたことに安堵《あんど》したし、植物の生命力に感動した。

しかしそのせいで、マンションの窓の半分が見えなくなっていた。2と3の縦の列が隠れてしまった。葉の隙間から窓枠と柵の一部がちらちらと確認できるだけで、ミニチュア・ピンシャーの姿を見られなくなったことが、なによりも残念だった。

その後も、毎朝、住人は観察を欠かさなかった。相変わらずカーテンのない4

の1や3の4の窓を開ける白い手は、まだ見えた。「雑種」の枝葉は、一日一日、早送りの実験映像のように、驚異的なスピードで伸びていった。

そして、住人は会社も月曜から金曜まで同じ時間の電車に乗って通い続けた。

「化け犬、っていないんですか?」

住人は、隣の先輩の机に置かれた、子犬の日めくりカレンダーを覗き見ながら、聞いた。今日の子犬は白と茶色の耳の垂れた種類だった。先輩はマウスを握り、ディスプレイを見たまま、あ? と言った。

「なんで猫だけなのかなーって。化け犬って、聞かないじゃないですか」

あー、と先輩は気のない返事だった。

「最近、思ってること、話してもいいですか」

「どうぞ」

「化け猫って、長生きした猫が変化《へんげ》するわけでしょう。年月を重ねてだんだん姿形が変わっていって、その種の特徴よりも個としての特徴のほうが際立ってくるってことと解釈して、それを妖怪化と呼ぶことにしますけど、それだと全然理解できる現象だと思って、猫って結構長生きで、犬って十年ぐらいだからあんまり化けないんですかね、じゃあ、木って何百年とか、中には千年超しちゃうのもたくさんあるんで、余裕で妖怪化で、まあ巨木とかご神木っていうのはああ妖怪だなって実感できるし、百年行かなくてもちょっと性質が変化しちゃうってことは、まあ、そんな珍しくないのかな、と」

先輩はようやく顔を住人のほうに向け、しかし表情は少しも変えずに言った。

「聞きたいのは犬のこと？　猫のこと？　木のこと？」

「犬です」

「知らない」

住人は、自分の表現力、解説力のなさを悔やんだ。先輩は来月末で辞めるそうだ。現在この事務所に勤める中でいちばん長くいる先輩が辞めると、住人が最古参になる。いつのまに、と住人は思う。社長がここに何年前からいるのかは、詳しくは知らない。社長は六十二歳らしいが、聞いたことのない種類の低く響く声で、話していると今朝見た夢を思い出せそうな気持になる。週に一度やってくるとまずお茶を飲む。従業員がなんのお茶ですか、と聞いても教えても分けてもくれない。

毎朝、通勤する電車の中で、住人はずっと外を見ている。車窓の向こうの、一戸建て、マンション、雑居ビル、学校、鉄塔。ただぼんやり視線を向けているだけで、それなりのスピードで移り変わっていくことが、不精ものの住人にとっては素晴らしいことに思えた。もうすぐ丸二年、毎日毎日見ていて、あの家が改築したことも、駅ビルの階段でいつも煙草を吸っている女がいるのも知っているが、どの部屋ともどの人とも自分は関係がないことが、不思議でしかたなかった。

「雑種」の枝葉は伸び続け、そのあいだに、裏の敷地には雑草がすごい勢いで復活し、古家全体を覆っていた蔦の蔓にも葉が現れた。最初、緑色の小さな鳥の足みたいなものが出てきた、と思ったら、見るたびにその緑色は大きく開いていき、屋根以外の場所をほとんど覆いつくしてしまった。小窓のガラスも、すでにほんの僅かな面積しか見えない。あの窓はもう二度と開かないだろう、と住人は確信した。しかし根拠もないし、先のことは誰にもわからないので、開くところを見たら住人は自分が見たものを信じるだろう。もう一つの小屋のほうには、不思議と蔦は少しもくっついていなかった。

「雑種」は案外三年くらいで元の姿に戻るのかもしれない、と住人は思った。

土曜日に大雨が降り、住人は部屋から出なかった。

大雨の日に部屋に閉じこもって雨の音を聞いているのはなんという幸せだろう、と子どものころから思っていたが、この数年は雨の音を少し怖く感じるのだった。年を取ったのだろうか、と住人は思う。怖い、という感情は経験の産物だ。知らないものは、たぶんほんとうはなにも怖くないのだ。

床に転がって、中国の昔話を集めた本を読んでいると、すぐに寝てしまった。背中が痛くなって起き、うどんを食べて、本を読みかけてまた眠り、今度は足がしびれて目が覚めた。

起き上がってベッドに移動した。時計はちょうど三時を指していたが、灰色の雲に覆われた空は薄暗いほどだった。

窓に近づいて、外を見た。

風が強く、「雑種」から噴き出ているまだ細い枝が、風に煽《あお》られてしなっていた。ときおり突風が吹き、葉なんてみんなちぎれて坊主になってしまうのではないかと心配になった。たたきつけられた雨粒が、裏の古家の屋根で弾けていた。

マンションの窓は、やはりどれも閉まっている。4の1にも明かりはなかった。

ごっ、と音がして、住人のアパートが少し揺れた。裏の家はなぜ倒壊しないのだろう、と思っていたら、「雑種」から枝が一本離れ、渦巻く風に舞い上げられて、それから3の4の窓の上、物干し竿を取り付ける金具のところに引っかかった。葉が、濡れた壁に張りついた。

3の4の窓が開き、白い手が現れた。いつものように、掌を上に向け、雨を受ける格好をした。そして、手は、すうっと上に伸びた。腕は長く、白かった。手、肘、二の腕。二の腕が、異様に長い。肩は見えず、太い蛇みたいな腕だけが、するすると出てくる。

長く白い手は、ぐにゃりと曲がって、器用に枝を壁から取り上げ、それを持ったまま、窓の中に戻った。それから、窓だけがゆっくりと閉まった。

住人は、随分と長い間、木と窓たちを眺めていた。

出かける準備

　電車が鉄橋を渡るときの音が、背中から響いてきた。リズムが、なにかの曲に似ていると思うが、思い出せない。ダダッダダッダダン、ダッダダッ……。すぐ先で大阪湾に注ぎ込む淀川の水面は、暗く、広かった。そこだけが、ぽっかり空《あ》いていると同時に暗さで満ちていて、そしてゆっくりと流れていた。

　岸の向こうに建ついくつもの高層ビルの表面はガラスでできていて、夜の空を映している。空と同じ暗さだった。違うかもしれない。空気が映っているのかもしれない。

　すぐに鉄橋を渡りきり、ほどなく車両は地下に入る。体が下がっていく重さは感じなかったのに、ついさっきまで宙に浮いていた人たちは、もう地面の下にいた。重さも、速さも、感じていなかった。ただ、眠かった。

五月だった。カーテンを開けると、窓の外は曇り空だった。雨の予報が出ていた。わたしは上半身を大きくひねって、白で埋め尽くされた空を見上げた。大阪の街は、雲が散らした光で均等に明るかった。朝ではなくて昼のような色、と思った。明るくなるのが早い季節になって、うれしかった。明日はもっと早くなる。ベッドに腰掛けて、部屋を眺めた。ベッドカバーは黄緑色の幾何学模様、すぐ隣に同じカバーの少し幅が狭いベッド。いかにもワンルームマンションらしい細長い部屋にベッドが二つ置かれてるというだけで、奇妙な落ち着かなさがあった。それ以外は、小型のローテーブル、テレビ、とごく平均的な一人暮らしの部屋に見えた。

昨日の夕方、心斎橋駅から少し歩いたコンビニの前で待ち合わせた部屋の主は、若い女だった。白いニットに白いデニムパンツ、明るい色の髪。体力が余っている感じがする、という印象だった。へえー、もともと大阪なんですか？　最近ホテル高いでしょう？　あ、見つからへんくてうちにしはったんですか、と早口でしゃべりながらマンションのエレベーターで五階に上がって、部屋に入り、備品や注意事項などの説明をした。元々ここに住んでいたのか、管理しているだけなのか、女はそういった話はしなかった。国内のお客さんはめずらしい、とは言った。予約をするサイトの自己紹介は英語だけで、名前はMegで、世界中を旅行するのが趣味だと書いてあった。

ペットボトルの水を冷蔵庫から出し、電気ケトルで沸かしてティーバッグで紅茶を入れた。調理道具も調味料も、最低限は揃っていた。今日からここで暮らせそうに、揃っている。スマートフォンで時間を確かめると七時前で、そろそろ、と思った途端に、蛍子《けいこ》からメッセージが来た。蛍子が来る前に着替えなければならなかった。

五分もしないうちに、蛍子は到着した。

「こんな早い時間にこの辺歩いたん久しぶりやわ」

会うのは三年ぶりだが蛍子は前置きもなく言って、なんとなく高揚した気分なのがうかがえた。電話の声でも、スマートフォンに届くメッセージの文字からさえ、仕事が忙しすぎて疲れているのが伝わってきていたから心配だったが、元気そう、より正確には、はっきり目が覚めている感じだった。

「普通すぎる。前からここに住んでるみたい」

部屋に上がった蛍子は、ユニットバスを覗き、ミニキッチンにある調味料を確かめ、部屋の奥へと進んだ。

「ベッド二コあるんが、変やけど」

「そうやんな」

蛍子は、勢いよく窓を開けた。

「外でお茶できるやん」

狭いベランダには、折りたたみ式のテーブルと椅子が置いてあった。湿度の高い空気が澱んでいた。

「丸見えやし」

すぐ裏手だけは低く古い建物が残っているが、それを取り囲むように古くなったマンションや雑居ビル、この数年に建ったビジネスホテルが並び、四角い窓と非常階段と荷物置き場になっているベランダ、それから壁が、見える風景だった。

救急車のサイレンが遠くで鳴り、すぐそばの高速道路を走る車の音が風のように聞こえた。

「だれも気にせえへんって」

「これくらい街の真ん中って、一回住んでみたかった」

「落ち着かへん、って知り合いは半年ぐらいで引っ越したで。うちの近所は、意外にそんなうるさくないねんけど」

蛍子は、ここから数百メートル南に去年から住んでいる。理想の部屋を見つけたのだと、フェイスブックとインスタグラムに室内の写真を載せて書いていた。

「もう、立ち入り禁止なん？」

「めっちゃパトカーとか警察とかおったわ。亀だけが心配」

二か月前、蛍子の住む部屋の近くで一トン爆弾の不発弾が発見された。撤去作業は今日、避難区域は半径三百メートル。立ち入りは午前七時半から規制され、八時から信管撤去作業が行われる。

大阪に行くから会おう、と先週蛍子にメールを送った際、返信にあったリンクをクリックして、わたしはその情報を得た。そして、蛍子が部屋から出なければならない時間に合わせて、会うことにしたのだった。

「亀、連れてこようかなとも思ったけど、環境変わらんほうがいいと思うし」

亀は、キボシイシガメという種類で、小型で黒い甲羅に黄色い点の模様がある。仕事で中国に行くことになった知人から引き取った経緯も亀の育て方も、フェイスブックとインスタグラムに加えてツイッターにも載せていたから、知っている。

「犬とか猫とかは、いっしょに行くんかな」

近所の小学校が避難場所に指定されているが、蛍子はそこに行くつもりはなかったのでペット同伴可かどうかは確かめていなかった。

「どこ行く？　行きたいとこあるやろ？　大阪久しぶりやろ？　どこ行きたいん？」

蛍子がゆっくりのんびりしているところを、わたしは見たことはなかった。知り合った十六年前も、今も、蛍子は思い立ったらすぐ動く。次になにをしようか、いつも構えている。わたしが隙あらば休もうとするのと対照的に。

「マクドナルド」

「なにそれ？　マクドナルドでなにするん？」

「朝マックの時間に行くことってないから。ソーセージマフィン食べたい」

「ハッシュポテトって今もある？」

スマートフォンで調べるとあったので、行くことに決まった。

「雨降ってきた？」

マンションを出た途端に、さっきより少し灰色が濃くなった空を二人で見上げた。雨は見えなかったが、頬に水滴が当たる感触がかすかにあった。

始まるのが遅い街だから、店は閉まっていて人の姿もまばらだった。マクドナルドは、あるのは知っていたが入るのは初めての店だった。このあたりにありがちな間口の割に奥行きのある店で、入ってみると思いのほか広かった。今どきの、インテリアショップのような内装だった。客も思ったより多く、席を半分埋めるほどいた。わたしが蛍子の分も受け取って二階へ上がると、蛍子が手を振った。

「ええ席、取れた」

通りに面した大きなガラス窓の前に、わたしたちは座った。変電所の壁画が見えた。高速バスで早く着いたのだろうか、若い子が三人所在なげにその前に腰掛けていて、ときどき自撮りをしていた。

「朝早いんやな。土曜日やのに」

いつもなら休みの日は昼頃まで寝ていると、蛍子は言った。それを聞いても、わたしは、ここから数百メートルしか離れていない入れない場所、ぽっかりと静かで、緊張に満ちた場所のことを、思い浮かべた。人がいないいくつもの部屋と店。道路。

変電所の壁画を背にしている彼らは、大掛かりな作業が進行中であることを、おそらく知らない。そして、気づかないうちにそれは終わる。

蛍子はスマートフォンで検索し、掘り出された不発弾の画像をわたしに見せた。

「イルカとかアザラシみたいやろ」

「そうか?」

「南海も運休やし、なんばパークスも今日は昼からやって」

「大変やな」

「無事に終わったら、やけど。早かったら、三時間ぐらいらしい」

ソーセージマフィンは、予期したとおりの味だった。ハッシュポテトもミルクも、過剰でも不足でもなく、それは快適ということだと、わたしは思った。

「ここができる前に、もうちょいこっちにマクドがあって、わたしそこでバイトしててん」

わたしがそう言うと、蛍子は予想の倍くらい驚いた。

「まじで？　似合わへんな」

「オープニングスタッフってやつで。試用期間だけやったし、結局時間が合えへんくてあんまり入られへんかった」

「あったような気もするけど。そうなんや」

わたしはそのマクドナルドのあと、いくつかのアルバイトをし、それから、ここから五分ほどの場所にあったカフェで三年働いた。カフェは雑居ビルの二階にあり、一階には洋服店があった。一階も二階も二十代のアルバイトが四、五人ずついて、それなりに交流があった。ある日、一階の洋服店のオーナーが、いなくなった。連絡がつかずに、店長もアルバイトたちも混乱した。元々店長がほとんど取り仕切っていたからか、どういう話し合いをしたのか詳細は忘れたが、洋服店は店長が引き継いで営業することになった。事態が収まるひと月ほどの間に、一階のアルバイトたちが二階のカフェで話すことが増えた。二階も一階も交えて飲みに行ったし、クラブやカラオケに行ったこともあった。蛍子は店長のいとこで、その騒動のあとで洋服店のアルバイトに入ってきた。まだ高校三年生で、いちばん若かった。

わたしが蛍子に興味を持ったのは、何人かでお茶を飲んでいたときに、誰かのことを、わたし、あの子きらい、と蛍子がとてもはっきり言ったからだった。それまでに聞いてきたのは、誰々はこんなことを言った、こんなことをした、という「きらいでしかるべき理由」か、むかつく、うざい、といった感覚的な言葉だった。それは、わたしたちが誰とでも仲良くしなければならないとなんとなく思い込んでいた裏返しで、自分がきらいなのではなく相手に理由があるから仕方なくなのだと言っていたんじゃないかと、そのとき思った。ただ「きらい」だと言うのを、わたしはそのときたぶん初めて聞いたし、その「きらい」にほかのなにもくっついていなかった。ほたるちゃん、と呼ばれていたのが本当の名前だとわたしは長い間思っていて、蛍子という名前を知ったのはカフェのバイトを辞めてからだった。辞めてからも、わたしはその中の二人か三人とよく会った。蛍子は、名前をよくほめられるが漢字もほたるちゃんと呼ばれるのも好きではない、と言った。虫やしすぐ死にそうやし親がつけた理由も意味じゃなくて画数やし青沼って苗字も合うような合わんようなやし、と蛍子が言うので、わたしはそれからケイコと呼ぶようになった。

蛍子のほうが早く、エッグマックマフィンを食べ終わった。

「久々に食べたらなんかええな。豪華セットにしたらよかった」

ビッグブレックファストデラックスは、ソーセージマフィンとスクランブルエッグとホットケーキ三枚。

「頼んだら頼んだで後悔してそう」

「店あったとこ、マンションになってたんで」

「うん。おととし来たときに見た」

わたしは、二十五歳まで住んでいたこの街を連休の後半から訪れ、友人に会い、今は須磨に移った母の家で東京から送った荷物を整理し、妹の子供たちと混雑した水族館に行って鰺《あじ》の群れを見た。今晩あの部屋にもう一泊したら、明日の昼の飛行機で山形に向かって、そのまま山形で暮らすことになっていた。

昨日の夜は、十年ぶりに会った友人の家にいた。一階の洋服店と二階のカフェでアルバイトしていた人たちが、七人集まった。二階にいた男と一階にいた女の一人が、十年経ってそのときにしていた仕事先で再会し、結婚して子供が二人生まれ、彼らの家で集まった。子供は五歳の男の子と三歳の女の子で、人が大勢来たのでよろこんで遊んでもらっていた。蛍子も来るはずだったが、仕事が終わらない上に残業続きで疲れ果てている、とメールが来た。蛍子はウェブデザインの会社で七年働いてチーフデザイナーという肩書きになっていて、連休前にリニューアルしたサイトに不具合があり、その対処としわ寄せが来たほかの案件で連休中もずっと夜遅くまで仕事をしていた。

「なんにも、ないやんな」

蛍子が、ぼそっと言った。少し考えて、亀のことを心配しているのだとわかった。

「ほかにも、残ってる猫とかインコとかいそう」

立ち入り禁止の区域には、大型商業施設とターミナルから続く何本もの線路があるから、人が住む部屋はそんなに多くない。それでも確実に、住人はいる。思ったより、いる。二年前に、淀川の近くで不発弾処理があったときは、伊丹空港へ向かう飛行機の航路も変更された。高度何百メートルのところまで、数時間だけできた空洞。

目の前の道路を、車体も窓も真っ黒なワンボックスカーが大音量で音楽を流しながら通った。歩道にいる子たちが、一瞬顔を上げたが、車は通り過ぎ、音がそのあと何秒かだけ残った。わたしはその光景を、スローモーションにして何種類かのBGMをつけて、頭の中で再生してみた。前に見た映画を真似したのだった。ミュージックビデオみたいに、エモーショナルになった。さらに、スーパースローカメラで撮影した大粒の雨を降らせた。輝きながら落ちてくる水滴に、誰もがよろこんで道に飛び出していく。

本物の雨粒は、イメージ図のように上部が尖った形をしているのではなく、空気抵抗によって下側がへこんだ饅頭みたいな形だと、どこかで見た。しかし、わたしたちの目にはそんなふうには見えない。見えなくても、ものすごいスピードで落ちてくる。砕け散る。

わたしの頭の中で砕けた水の粒子が空中に拡散していくあいだに、蛍子は、自分の仕事と会社の状況を話し、去年結婚した相手が三日前から山陰に自転車旅行に行っている、わたしが忙しくて倒れそうやのにこんな写真送ってきて、とスマートフォンで砂丘の画像を見せた。わたしも、勤めていた映像製作会社がどうにも立ちゆかなくなっていて、とうとう辞めることにしたこと、山形に行くこと、山形で仕事を見つけられるか当然不安だがなんとかするというようなことを話し、それに対して蛍子は、そうかー、せやなー、と相づちを打っていた。それから、世の中の情勢や健康問題や日々の生活や仕事での不平等や理不尽について話した。とっくに食べ終わって一時間以上しゃべっていたので、店を出て蛍子の部屋のほうへ行ってみることにした。ぼちぼち歩いていったら終わってるんちゃう、ということで、御堂筋へ出て、南へ向かった。

店を出る前から、わたしは、昨日の夜に聞いたヤマジの話をした。わたしが東京に引っ越す前の夜に一階と二階の人たちが送別会をしてくれて安い居酒屋に行ったが、そのときもいたヤマジという一階で働いていた男が死んだことを、昨日の夜に知った。バイト辞めてから奄美大島のおじいちゃんの家に住んでたらしいねんけど、脳出血で、なんか突然やって……。話した人も、ヤマジが死んで三年くらい経って知ったし人づてに聞いただけだから実感がない、と言った。わたしは、送別会の夜以来、ヤマジに会ったことは一度もなかった。何度かメールはやりとりしたことがあったが、ヤマジのメールは変だった。うひょおおお、とか、ひえええぇ、とか、Yeaaaaaaah とか、書いてあった。ヤマジは会って話していても変わったことを言うことはあったが、ぼそっとつながりのよくわからないことをつぶやく類いで、その感じとも違った。メールに妙な文字が並ぶのはバイトをしているときからだったのだが、わたしはときどきそのメールがほんとうにヤマジからなのかわからなくなった。一年くらい前に、ヤマジのことを思い出したことがあった。新宿御苑で日本でいちばん古いというモミジバスズカケノキを見たときに、わたしが別の木だと思い込んでいたスズカケノキとプラタナスが同じだと教えてくれたのはヤマジだったと思い出した。

蛍子は、ヤマジのことは、わたしが聞いたのと同じ人から半年前に聞いたと言った。それから、ニシという男を知っているかと、わたしに聞いた。一階でも二階でもなく近くの古着店にいた、坊主頭ですごい瘦せてて、と蛍子が並べる特徴で思い浮かぶ姿はあったが、はっきりとは思い出せなかった。そのニシに聞いた話だけど、と蛍子は言った。ヤマジは十三《じゅうそう》に住んでいてアパートの一階だったたからベランダ側から回って驚かそうとしたら、カーテンが開いていて部屋の真ん中にヤマジが座っていた。つけっぱなしのテレビのほうを向いていたが、目はまるで空洞のようで、別人に見えた。ニシは、ヤマジが見られたくないであろうところを見てしまったということは理解して、音を立てないで玄関に回ろうとしたが、見つかった。ヤマジはものすごく怒った。不法侵入だと怒鳴り、警察を呼ぶと言った。そんな怒り方をするとは思わなかった、とニシは蛍子に話した。わたしには意外じゃなかった、なんとなくそんな感じしてた、と蛍子は言った。

わたしは、その怒ったヤマジも、メールのヤマジも、奄美大島にいて死んでしまったヤマジも、カフェで必ずアイスコーヒーを飲んだヤマジも、等しい距離に感じた。ぴったり一致はしないが、どれもわたしにとってヤマジの距離だった。

「それと同じぐらいの時期なんやけどさ」

蛍子は話し続けた。わたし、すごいつらいことあって、家出しようとしてたというか、ここらへんからおらんようになろうと思った日があって。簡単に言うと、朝から家で親にいやなこと言われて、思い出して自分でもそんなことかよって思うからそれだけじゃなくてあの時期は全体にしんどかったんやけど、閉店作業しながら誰かがおもろいこと言うて笑って、そんなんやったのに、ヤマジに急に、だいじょうぶ、って言われてん。なにが、って聞いたら、どっか行きそうやから、って言うねん。どっかって？　どっか、帰ってこられへんような遠いところ、って。それで、わたし、家に帰れる、って思った。話聞いてくれたわけでもないけど、わかる人がおるんやったらええわ、と思って。でも、事情を言いたくなかったっていうのもあるし、そこでいきなり重い話しだしてもあれやからさ、なに言うてるん、って笑って、それで終わって。そのあともその話は一回もしたことなかったし、しばらくしてヤマジはバイト辞めたから。ありがとう、って言うたらよかったな。わたしがここにいてるのは、あのときヤマジが声かけてくれたからやのに。会ってなくても、なんの用事もなくても、唐突でも、電話したらよかった。

蛍子の目から、ぼろぼろと涙が流れ出した。小雨が落ちてくる交差点で、蛍子はそれを拭うこともなく、前を見ていた。

「青沼さんやん」

声と同時に、自転車が停まり、わたしたちは振り返った。若い、小柄な男が自転車に跨がっていた。

「え、なになに、どないしたんすか？」

動揺する彼を、今の仕事でつきあいのある「ぐっさん」、と蛍子は説明した。それからわたしが出したハンカチで顔を拭いた。ぐっさんは近くに住んでいて、不発弾処理の様子を見に行ったらしい。

「まだ入られへんそうやった？」

「ぜんぜんまだまだだっすね」

このあたりでアルバイトをしていたころは、こんなふうに、道で誰かに会うことがよくあった。そのままごはんを食べに行ったり、別の誰かを呼び出すこともあった。東京での十三年の間にも、偶然誰かに会うことはあったが片手で数えられるほどで、それも何年も前のことだった。山形に、知り合いはいない。知っている誰かに道でばったり会うことはない。

わたしたちは、千日前のほうへ歩いて、喫茶店に入った。わたしが生まれるよりもだいぶ前からそこにある店だった。そこまでの道は知らない店ばかりになっていたのに、喫茶店の中は驚くほど変化がなかった。壁も床もテーブルも椅子も飴色で、カウンターの内側の壁だけが白いタイル。

「自分がほんまは幽霊でときどきこっちの世界に帰ってきたら、こんな感じちゃうかなって、思うことある」

店のマークがプリントされたカップを指で確かめながら、わたしは話した。

「自分が知ってるとこやと思って見に来たら、街の様子が変わってて、家族とか友だちは年取ってて、子供が生まれてて、知らん人がようさんおって」

真向かいに座るぐっさんは、わたしをじっと見た。

「違いますよね？」

「ちゃうよ。だって、わたしらと同じだけ年取ってるもん」

答えたのは、ぐっさんの隣でコーヒーフロートのアイスクリームをつつく蛍子だった。

「そうやわ。うん」

わたしは、笑った。

「自分の顔は見えへんから」

わたしはこの街にいなかった時間の分だけ、きっちり年を取った。

立ち入り禁止区域の話をしていたら、蛍子が、子供の頃にそこに建っているホテルで親戚の結婚式があって、窓から大阪球場を見下ろしたのを覚えている、と言った。

「球場の中に、家が建っててん。ちっちゃい街みたいになって」

「球場の建物の中にはスケートリンクもプールも古本屋街もあってんで」

「へえー、いいっすねえ。なんか、宇宙ステーションみたいやないですか」

まだ二十五歳のぐっさんは素直に感心していた。わたしは、大阪球場が球場として使われなくなってグラウンドが住宅展示場になっていたあいだに入ったことがあった。得点が入ると板が回転する旧式のスコアボードが残っていた。得点はなかった。

「廃墟って未来っぽいし、未来は廃墟っぽいっすよね」

とてもよい思いつきを話すように、ぐっさんは言った。

「ようわからん」

蛍子は笑っていなかった。

「不発弾出たのって、なんか建ってたとこやん？　それを建てたときは気づかんかったんかな」

「見つけても、なかったことにしたんちゃいます？　工事遅れるし下手したら建てられへんようになるかもわからんし。おれやったらこっそり埋め戻しますよ」

「ぐっさん、仕事でもそれやってる？」

「あっ、ちゃいます、ちゃいますよ。今のは、シャレっつーか」

「七十年もそこにあって、そのあいだは普通に生活してたのに、気づいた途端に大騒ぎするってなんか妙な感じやんな。今も別のところにあるかもしらんやん。今日もその上を歩いてきたかもわかれへんし」

わたしが言うと、蛍子がすぐに返した。

「そんなこと気にしてたら生きていかれへんやん」

そして一瞬間を置いて、蛍子は続けた。

「て、言うと思ったやろ。いかにもそういうこと言いそうやろ」

「うん」

「あー、わかります、おれも、青沼さんに叱られたい、みたいなんありますもん」

「なにそれ、気色悪い」

「ほめてるのに」

「そういうのはお母さんに頼み」

「ちゃいますって」

「うん、違うよ」

「なんなん？　いややわ、そんな役割……」

蛍子は、グラスに残った氷にストローをざくざくと突き刺していた。

「もう、あるって知ってもうてるからな」

手を止めないまま、蛍子は話した。

「見つかってからテレビ来てヘリコプターも飛んでて、囲いの中に特大の土嚢がいっぱい積んであって、写真撮りに来る人とかもいてて。最初は横通るときちょっと怖かったけど、なんか動くわけでも、音がするわけでもないし。うん、そうやな、気にならへんのじゃなくて、慣れた。そこになにがあるかわかってるのに、わりとすぐ、慣れてもうた。自分が慣れるってわかってしまって、怖くなってる」

わたしは、どこかで蛍子に頼っていた。甘えていた。

東京に引っ越したのも、やりたい仕事があるけど家の事情があってというようなことをぐだぐだと公園でしゃべっていたときに、さっきからずっと言い訳ばっかりやん、と蛍子に言われたから、違う、と言い返して、それが嘘にならないように、その月のうちに引っ越したのだった。十三年も暮らすとは思わなかったが。

だから、蛍子に会って、自分が山形に行くこと、八年つきあった人と去年別れてその三か月後に知り合った人がこの春から山形の大学で仕事を始め、いっしょに住まないかと言われて住むことにして、それだけが理由ではないが八年勤めた会社を辞めたこと、その全部か、もしくは一部分についてでも、蛍子になにか言われたかったのだとわかっていた。だいじょうぶとか思った通りにするのがいちばんとかいう言葉ではなく、蛍子しか言わなそうな、なにか別の言葉。特別な言葉。

ぐっさんと別れ、わたしたちは高島屋の地下で買い物をした。食べたかった生姜の天ぷらと梅焼きを買い、蛍子の部屋へ向かった。立ち入り禁止措置は、もう解かれていた。わたしが見たのは、何台かの警察の車両とまだ撤去されていない案内看板だけだった。

蛍子は、念願の屋上ハウスに住んでいた。昔、テレビドラマで探偵事務所があったような、別の漫画でもやっぱり探偵が住んでいたような、イレギュラーな場所に、蛍子はずっと住みたかった。

実際に行ってみると、屋上の倉庫みたいなところではなく、最上階である六階の二部屋の配置が変則で中途半端に余った部分がルーフバルコニーとして使えるのだった。大きな音を出すと苦情が来るらしいが、両隣のビルの壁に挟まれて人目は気にならない。そこに、わたしが泊まっている部屋にあったのとは違う、しっかりしたアルミ製の大きなテーブルとデッキチェアがあり、そこでわたしたちは生姜天をつまみに缶ビールを飲んだ。もう雨は降らなかった。

水槽の中の亀は、わたしが見てもわからないが、元気だと蛍子は言った。掌に載るほどの、黒い丸い甲羅は水に濡れて光っていた。黄色い模様は、星空のようだった。宇宙の闇に光。亀は、今日の朝と、ほかの朝との違いも気づかずに、水槽でじっとしていた。

ヘリコプターがゆっくり上空を旋回し、来たほうへ戻っていった。夕方のニュースの映像を撮影していたのだろう。拡大すれば、わたしたちも映っているかもしれない。

蛍子は、ビールを飲んだら途端に眠そうになった。ヘリコプターがいなくなった白い空を見上げて、ぼんやりした声で言った。

「明日の飛行機何時？　荷物の用意できてるん？」

わたしが片付けや荷造りの類いが苦手だったのを、蛍子は覚えていた。わたしは答えた。

「うん。準備するの、早くなってん」

そこに夕方までいて、夜は蛍子の知り合いの店に魚を食べに行った。

二泊目の部屋は、朝出ていったときのままだった。わたしは朝と同じく、電気ケトルで紅茶を入れた。東京に引っ越して最初に住んだ部屋に似ていた。山形でなく、ここで暮らすような気もした。この部屋に住む自分を、簡単に想像することができた。よく知っている道を歩き、よく知っている店もまだいくつかはあり、友人もいる。

十日前に荷物を運び出した東京の部屋は、もう清掃が入って壁や床についた家具の跡も消えてしまったかもしれない。山形の部屋は、段ボール箱で埋まっている。すでに三月の末から暮らしている同居人はその隙間で生活しているから早く片付けてほしいと、画像を添付してメッセージを送ってきた。

紅茶をなみなみと注いだカップを持ったまま窓際へ行き、カーテンを開けた。ビジネスホテルの非常階段は白い電灯がついて昼間より目立った。煙草を吸っている人影があった。

その隣にある古いマンションの物置みたいなベランダにも、人影があった。身を乗り出して、上を見ていた。

わたしも、しゃがんでガラス越しに上を見てみた。夜の空があった。黒い、星空のような亀の背中を思い出したが、そこに星はなかった。そのまましばらく眺めていた。

そのあと、明日の出発時刻を確かめた。

解説　白くてやわらかいものへの変容

堀江敏幸

地方から東京に出てきた者が最も敏感に反応するのは、土地の名である。なにげなく眺めていた風景に具体的な名称が与えられた瞬間、知識しかなかった空白が埋まる。認知の驚きを伴うその上下運動が落ち着くと、つぎは水平方向に世界が引き伸ばされていく。この町とあの町が、こんなふうにつながっているのかと呆気にとられながら、あたらしい経験の核に、地方での、あるいは東京でのべつの町の時間が重ね合わされる。時空が読み直され、読み直しの作業が日常に厚みを加える。ただし、その厚みを得るには、歩かなければならない。

表題作「春の庭」の主人公、太郎もまた、東京に移り住んできた地方出身者であり、歩行者である。作者自身が明かしているように、この名は夏目漱石『彼岸過迄』の敬太郎からとられている。敬太郎は地方人ではないけれど、明治の東京の町を徒歩や市電をつかってしきりに動き、雇われのにわか探偵として人のあとをつけたりもする。「ただ人間の研究者――否人間の異常なる機関が暗い闇夜に運転する有様を、驚嘆の念をもって眺めていたい」と述べるこの青年はいわゆる巻き込まれ型で、その点でも太郎と血縁関係にあるのだが、太郎が彼と異なるのは、「驚嘆の念」が人物のみを対象としているわけではないという点だ。むしろ空間を、建物を、景色を、深く観察した体験の総体に驚くのである。

物語の舞台は、世田谷の某駅から徒歩十五分、すでに取り壊しが決まっている築三十一年の二階建てアパートと、ちょうど活字の鉤括弧の形をしたそのアパートの、中庭を挟んで背を向けている水色の洋館だ。太郎はもちろん前者の住人で、一階の鉤の部分に部屋がある。東京へ出てきて十年。三年前に離婚していて、前職は美容師だったが、いまはPR業務を請け負う小さな会社勤めをしている。太郎のベランダからは中庭に面した長手の部分が二階まで見わたせるのだが、その二階の角に住んでいる西という女性とのまじわりが小説の推進力のひとつになっている。西は在京二十年の漫画家で、何度も引越を重ねた末にこのアパートにやって来た。じつは、タイトルの「春の庭」とは、かつて水色の家に住んでいた夫婦がこの家での暮らしを記録した写真集のタイトルでもあり、西は印刷された世界に惚れ込んで、あわよくば中を覗くために、裏手のアパートの部屋を借りたという経緯がわかってくる。

建物には裏と表がある。これは同時収録の「見えない」「糸」「出かける準備」の三篇にも共通する特徴だ。建物の外貌や周囲の景色は視点が変わるにつれて変容し、日常の均衡を狂わせる。さっきまで自分がいた場所といまいる場所とのあいだに架けられた橋が見えなくなり、その変化が内面にも影響を与えずにおかない。太郎も西も、それを敏感に感じ取る。ただし、太郎はもうひとつ、敬太郎にもない眼を働かせている。細部への想像力と並行した、非人称的な俯瞰の活用である。はじめて飛行機に乗ったとき、太郎は「頭の中にあった世界という場所と、自分が日々歩いているその地面が、同じ場所なのだと初めて実感を伴って結びついた」気がしたという。空を見上げる子どものころからの習性は都会に出ても変わらないのだが、高い空のうえに自分を置いて下界を眺めるには、前段として「見上げる」操作が欠かせない。建物や路地を描いているにもかかわらず、この作品にふしぎな浮遊感がただよっているのは、いったん空にむかう上昇の手続きが隠されていて、見えない垂直移動のあいだに複数の時間のよじれが生じているからだ。

主要なよじれは、二個所で発生する。ひとつは、西が太郎を居酒屋に誘い、鶏と蛸の唐揚げに生ビールを頼んだあとの、「それから西は、あの家とのいきさつを話し出した」という一文だ。ふたりの会話はそこで奥に引っ込み、西の一人称とそれを肩代わりする語り手の視点のまじった三人称の叙述になる。西は水色の空き家にあたらしい一家が入居するまでの経緯を語りつづけ、読み手がこの話を小説の柱として受け入れはじめた頃、語りの位相は「それだけ話すあいだに」という転轍によってふたたび居酒屋の現在に引き戻される。西はそのあいだに生ビール中ジョッキ七杯を飲み干し、トイレにも二回行っている。時間の流れはふたりの外にいる語り手によって保証され、読者は接写から望遠に切り替わったようなめまいを感じさせられるのだ。

認識の震えをもたらすこの手法は、とくべつ新規なものではない。しかし居酒屋のなかで過ぎていく時間に過去の枝葉が覆い被さる物語の手触りのたしかさが、もうひとつの切り換えを呼び込む装置になっているのを見逃してはならないだろう。つまり、太郎の姉による「わたし」という一人称の介入である（これもどこか『彼岸過迄』の、途中から語りが「僕」になる「須永の話」を思い出させる）。「わたし」は三年ぶりに会った弟の太郎と、アパートの部屋でむかし話をする。しかも大阪弁で。狭い空間での姉と一対一の状況と郷里の言葉でのやりとりが、団地暮らしだった子ども時代をよみがえらせ、太郎の心の内装を変える。アパートの住人にも会社の同僚にも見せない表情になるのだ。そして、さらに鮮烈な時間の転轍が、「わたしが帰った次の日、太郎は、賃貸情報サイトで部屋を検索した」の一文で敢行される。ここからの横滑りはじつに不気味だ。「わたし」は太郎の想像のなかに入り込み、当人になりきるぎりぎりのところで、その想像の手綱を語り手と分けあう。微妙に不安定なバランスで語られるこの部分は「わたし」が太郎のアパートから戻ったあとの出来事の記述だから、時間と語りの辻褄をあわせたければ、あとから電話で聞いたとか、あのときこう言っていたとか書き添えなければならない。ところが「わたし」をあやつる語り手は、前置きなく、ファイバースコープを使ったみたいに、目の前に見えているけれどじつは手のとどかない場所に触れているという身体的な齟齬を――衛星中継の画面と音声のずれに似たものを――つきつける。すると、その齟齬をばねにして世界の足場があがり、衛星の高さに視点が移る。

「わたしが歯を埋める場所を探しに外へ出た六時間後、太郎は、ベランダの手すりを乗り越えて立ち入り禁止の中庭に降りた」

自分の行動を上空から客観視しなければ、こんな言い方はでてこない。そしてまた、この俯瞰の視点があるからこそ、物語のあちこちに散っている点と点が容易に結ばれることにもなるのだ。水色の家にいた夫婦の、夫の名が太郎ならぬタローであったり、苗字の牛島が妻の芸名である馬村かいことあわさって、西が自身のウェブサイトで書いているという中国の民話にも関係しそうな馬頭娘の伝説を連想させたり、太郎の友人の兄が飼っていた犬の骨と父親の遺骨のエピソードを、「わたし」が太郎を介して森尾家からもらいうけることになった子どもの乳歯や、骨壺を思わせるトックリバチの巣のような白くて硬いものにつなげたりする。

ところが、それらすべての、いかにもありそうな結合の可能性は、もしかしたらまだ「わたし」の手中にあるかもしれない語りのなかで、太郎の部屋の冷蔵庫に入れられた賞味期限間近の豆腐に吸収されてしまうのだ。白くて硬いものが白くてやわらかいものに変容し、記憶の嬰児として冷たい水のなかで震えているさまに私は「驚嘆の念」を感じないではいられないのだが、作者はもう、この豆腐のような危うい足場をつかって、空には上らず横にひろがるみごとな『パノララ』（二〇一五）の世界に居場所を移している。一見どこまでもなめらかなその写真の出来映えを確かめたあとで「春の庭」にもどると、それがパノラマ画像の処理で生まれる両端のゆがみに隠されていたことが、ある種のせつなさをともなって理解されるだろう。

（作家）

初出誌
春の庭　「文學界」二〇一四年六月号
糸　「新潮」二〇一三年五月号
見えない　「窓の観察」二〇一二年九月
出かける準備　文庫書き下ろし

単行本『春の庭』二〇一四年七月　文藝春秋刊
文庫化にあたり「糸」「見えない」「出かける準備」の三篇を収録しました。

文春文庫

春《はる》の庭《にわ》

定価はカバーに
表示してあります

2017年4月10日　第1刷
2024年6月25日　第3刷

著　者　柴《しば》崎《さき》友《とも》香《か》
発行者　大沼貴之
発行所　株式会社　文藝春秋

東京都千代田区紀尾井町 3-23　〒102-8008
TEL　03・3265・1211(代)
文藝春秋ホームページ　http://www.bunshun.co.jp
落丁、乱丁本は、お手数ですが小社製作部宛お送り下さい。送料小社負担でお取替致します。

印刷・大日本印刷　製本・加藤製本
Printed in Japan
ISBN978-4-16-790827-0

（　）内は解説者。品切の節はご容赦下さい。

篠田節子
冬の光
四国遍路の帰路、冬の海に消えた父。家庭人として企業人として恵まれた人生ではなかったのか……足跡を辿る次女が見た最期の景色と人生の深遠が胸に迫る長編傑作。（八重樫克彦）
し-32-12

白石一文
草にすわる
五年間は何もしない。絶望は追ってくる――表題作ほか「花束」「砂の城」「大切な人へ」「七月の真っ青な空に」。一度倒れた人間が一歩を踏みだす瞬間を描く美しい五編。（瀧井朝世）
し-48-6

白石一文
見えないドアと鶴の空
妻の親友・由香里の出産に立ち会い、そこからきわどい関係を始めてしまった昂一。事実を知った妻は、ある意外な場所へ――ほんとうの人間関係の重さ、奇跡の意味を描くデビュー長編。
し-48-7

島本理生
真綿荘の住人たち
真綿荘に集う人々の恋はどれもままならない。性別も年も想いもばらばらだけど、一つ屋根の下。寄り添えなくても一緒にいたい――そんな奇妙で切なくて暖かい下宿物語。（瀧波ユカリ）
し-54-1

島本理生
夏の裁断
女性作家の前にあらわれた悪魔のような男。男に翻弄され、やがて破綻を迎えた彼女は、静養のために訪れた鎌倉で本を裁断していく。芥川賞候補となった話題作とその後の物語を収録。
し-54-2

柴崎友香
春の庭
第151回芥川賞受賞作「春の庭」に、書下ろし短篇1篇（「出かける準備」）、単行本未収録短篇2篇（「糸」「見えない」）を加えた小説集。柴崎友香ワールドをこの一冊に凝縮。（堀江敏幸）
し-62-1

嶋津　輝
駐車場のねこ
家政婦の姉とラブホテル受付の妹。職人気質のクリーニング店主と常識外れの女性客。何気ないやりとりがクセになる「オール讀物」新人賞受賞作を含む全七篇。（森　絵都）
し-69-1

瀬尾まいこ
そして、バトンは渡された
幼少より大人の都合で何度も親が替わり、今は二十歳差の〝父〟と暮らす優子。だが家族皆から愛情を注がれた彼女が伴侶を持つとき——。心温まる本屋大賞受賞作。（上白石萌音）
せ-8-3

瀬尾まいこ
傑作はまだ
50歳の引きこもり作家のもとに、生まれてから一度も会ったことのない息子が現れた。血の繋がりしか接点のない二人の同居生活が始まる。明日への希望に満ちたハートフルストーリー。
せ-8-4

太宰　治
斜陽《しやよう》 人間失格《にんげんしつかく》 桜桃《おうとう》 走《はし》れメロス 外七篇
没落貴族の哀歓を描く「斜陽」、太宰文学の総決算「人間失格」、美しい友情の物語「走れメロス」など、日本が生んだ天才作家の代表作が一冊になった。詳しい傍注と年譜付き。（臼井吉見）
た-47-1

橘　玲《あきら》
ダブルマリッジ
商社マンの憲一の戸籍に、知らぬ間にフィリピン人女性の名が。これは重婚か？　彼女の狙いは？　やがて物語は悲恋へと変貌する。事実に基づく驚天動地のストーリー。（水谷竹秀）
た-77-3

滝口悠生
死んでいない者
大往生を遂げた男の通夜に集まった約三十人の一族。親族たちの記憶のつらなりから、永遠の時間が立ちあがる。高評価を得た芥川賞受賞作に加え、短篇「夜曲」を収録。（津村記久子）
た-101-1

高橋弘希
送り火
父の転勤で東京から津軽の町へ引っ越した少年が、暴力の果てに見たものは？　圧倒的破壊力をもつ芥川賞受賞作と、「あなたのなかの忘れた海」「湯治」の単行本未収録二篇。
た-104-1

高見澤俊彦
音叉
THE ALFEE・高見沢俊彦の初小説！　70年代の東京を舞台に、バンドのプロデビューを控えた大学生たちの青春を恋と当時の洋楽を交えていきいきと描きだす。文庫用エッセイも収録。
た-106-1

（　）内は解説者。品切の節はご容赦下さい。

多和田葉子
穴あきエフの初恋祭り
重ねたはずの手紙のやりとり。キエフの町のお祭り。電話番号にひもづいたアイ電ティティ。「私」の輪郭が揺らぐ時代のコミュニケーション、その空隙を撃つ短篇集。　（岩川ありさ）
た-107-1

谷崎潤一郎
刺青　痴人の愛　麒麟　春琴抄
女に畢生の刺青を施す彫師（「刺青」）、美女と孔子の対決（「麒麟」）、淫蕩な女に翻弄される技師（「痴人の愛」）、音曲の師匠に尽くす男（「春琴抄」）。戦前傑作四篇。　（井上　靖）
た-108-1

千早　茜
男ともだち
冷めた恋人、身勝手な愛人、誰よりも理解しながら決して愛しあわない男ともだち――29歳の女性のリアルな心情と彼女をとりまく男たちとの関係を描いた直木賞候補作。　（村山由佳）
ち-8-1

千早　茜
ガーデン
「発展途上国」で育ち、植物を偏愛し、他人と深く関わらない編集者の羽野。だが、ニューヨーク育ちの理沙子との出会いや、周囲の女性の変化で彼の人生観は揺らぎ出す。　（尾崎世界観）
ち-8-3

筒井康隆
大いなる助走
同人雑誌の寄稿者が、文学賞をめざして抱いた野望と陰謀。そして文壇に巣食う俗物たちの醜い姿を徹底的にカリカチュアライズして文壇を震撼させた猛毒抱腹の伝説的名作。　（大岡昇平）
つ-1-13

津島佑子
狩りの時代
誰かが、幼い私の耳元で確かにささやいたのだ――お前の兄はフテキカクシャだと。大家族の物語はこの国の未来を照射する。逝去直前まで推敲を重ねた、津島文学の到達点。　（星野智幸）
つ-15-2

辻村深月
東京會舘とわたし　上　旧館
大正十一年、丸の内に創業以来、パーティや結婚式、記者会見等で訪れる人々の物語を紡いできた社交の殿堂。震災や空襲、GHQの接収などを経て、激動の昭和を見続けた建物の物語。
つ-18-5

辻村深月
東京會舘とわたし　下 新館
平成では東日本大震災の夜、帰宅困難の人々を受け入れ、その翌年には万感の思いで直木賞の受賞会見に臨む作家がいた。そして新元号の年、三代目の新本館がオープンした。（出久根達郎）
つ-18-6

津村記久子
浮遊霊ブラジル
楽しみにしていた初の海外旅行を前に急逝した私。人々に憑いて様々な土地を旅する中でたどり着いたのは……（表題作）。卓抜したユーモアと人間観察力を味わう短篇集。（戌井昭人）
つ-21-3

中上健次
岬
郷里・紀州を舞台に、逃れがたい血のしがらみに閉じ込められた一人の青年の、癒せぬ渇望、愛と憎しみを鮮烈な文体で描いた芥川賞受賞作のほか「黄金比の朝」「火宅」「浄徳寺ツアー」収録。
な-4-1

中里恒子
時雨の記
知人の華燭の典で偶然にも再会した熟年の実業家と、夫と死別し一人けなげに生きる女性との、至純の愛を描く不朽の名作。中里恒子の作家案内と年譜を加えた新装決定版。（古屋健三）
な-5-4

南木佳士
阿弥陀堂だより
作家として自信を失くした夫と、医師としての方向を見失った妻は、信州の山里に移り住む。そこで出会ったのは、「阿弥陀堂」に暮らす老婆と難病とたたかう娘だった。（小泉堯史）
な-26-7

南木佳士
山中静夫氏の尊厳死
「楽にしてもらえますか」と末期癌患者に問われた医師は尊厳ある死を約束する。終わりを全うしようとする人の意志が胸に泌みる名作。表題作の他に「試みの堕落論」を収める。
な-26-10

南木佳士
小屋を燃《も》す
医師と作家の二足の草鞋を履いて四十余年。定年退職した男は仲間と小屋を建て岩魚を食し酒を呑む。現れるのは祖母、母、父、姉ら先に逝った人々。生と死の境を淡々と越える私小説集。
な-26-24

（　）内は解説者。品切の節はご容赦下さい。

夏目漱石
こころ 坊っちゃん
青春を爽快に描く「坊っちゃん」、知識人の心の葛藤を真摯に描く「こころ」。日本文学の永遠の名作を一冊に収めた漱石文庫。読みやすい大きな活字、詳しい年譜、注釈、作家案内。（江藤　淳）
な-31-1

夏目漱石
吾輩は猫である
苦沙弥、迷亭、寒月ら、太平の逸民たちの珍妙なやりとりを、猫の視点から描いた漱石の処女小説。滑稽かつ饒舌な文体と痛烈な文明批評で日本中の話題をさらった永遠の名作。（江藤　淳）
な-31-3

長嶋　有
猛スピードで母は
母は結婚をほのめかしアクセルを思い切り踏み込んだ。現実にクールに立ち向かう母の姿を小学生の皮膚感覚で綴った芥川賞受賞作。文學界新人賞「サイドカーに犬」も併録。（井坂洋子）
な-47-1

長嶋　有
タンノイのエジンバラ
「なんか誘拐みたいだね」。失業中の俺はひょんなことから隣家の娘を預かるはめに……。擬似家族的な関係や妙齢女性の内面を芥川賞作家・長嶋有独特の感性で綴った作品集。（福永　信）
な-47-2

中村　航
赤坂ひかるの愛と拳闘
北海道からボクシングチャンピオンを。その夢を叶えたただ一人の男・畠山と、ボクシング未経験の女性トレーナー・赤坂ひかるの、二人三脚の日々。奇跡の実話を小説化。（加茂佳子）
な-52-3

中村文則
世界の果て
部屋に戻ると、見知らぬ犬が死んでいた——。奇妙な状況におかれた、どこか「まともでない」人間たちを描く中村文則の初短編小説集。5編の収録作から、ほの暗い愉しみが溢れ出す。

な-69-1

中村文則
惑いの森
毎夜1時にバーに現われる男。植物になって生き直したいと願う青年。愛おしき人々のめくるめく毎日が連鎖していく。あなた自身も知らない心の深奥を照らす魔性の50ストーリーズ。

な-69-2

（　）内は解説者。品切の節はご容赦下さい

中村文則
私の消滅
心療内科を訪れた美しい女性、ゆかり。男は彼女の記憶に奇妙に欠けた部分があることに気づき、その原因を追い始める。Bunkamuraドゥ マゴ文学賞を受賞した傑作長編小説。
な-69-3

中島　敦
李陵《りりょう》　山月記《さんげつき》
人生の孤独と絶望を中国古典に、あるいは南洋の夢に託した作家、中島敦。「光と風と夢」「山月記」「弟子」「李陵」「悟浄出世」「悟浄歎異」の傑作六篇と、注釈、作品解説、作家伝、年譜を収録。
な-70-1

新田次郎
劒岳〈点の記〉
日露戦争直後、前人未踏といわれた北アルプス、立山連峰の劒岳山頂に、三角点埋設の命を受けた測量官・柴崎芳太郎。幾多の困難を乗り越えて山頂に挑んだ苦戦の軌跡を描く山岳小説。
に-1-34

新田次郎
怒る富士（上下）
宝永の大噴火で山の形が一変した富士山。噴火の被害は甚大で、被災農民たちの救済策こそ急がれた。奔走する関東郡代の前に立ちはだかる幕府官僚たち。歴史災害小説の白眉。（島内景二）
に-1-36

新田次郎
富士山頂
富士頂上に気象レーダーを建設せよ！　昭和38年に始動した国家プロジェクトにのぞむ気象庁職員を始めとした男達の苦闘を、新田自身の体験を元に描き出した傑作長篇。（尾崎秀樹）
に-1-41

新田次郎
冬山の掟
冬山の峻厳さを描く表題作のほか、「地獄への滑降」「遭難者」「遺書」「霧迷い」など遭難を材にした全十編。山を前に表出する人間の本質を鋭く抉り出した山岳短編集。（角幡唯介）
に-1-42

新田次郎
芙蓉の人
明治期、天気予報を正確にするには、富士山頂に観測所が必要だ、との信念に燃え厳冬の山頂にこもる野中到と、命がけで夫の後を追った妻・千代子の行動と心情を感動的に描く。
に-1-43

（　）内は解説者。品切の節はご容赦下さい。

新田次郎
ある町の高い煙突
日立市の「大煙突」は百年前、いかにして誕生したか。煙害撲滅のために立ち上がる若者と、住民との共存共栄を目指す企業。今日のＣＳＲ（企業の社会的責任）の原点に迫る力作長篇。
に-1-45

西村賢太
小銭をかぞえる
金欠、愛憎、暴力。救いようもない最底辺男の壮絶な魂の彷徨は、悲惨を通り越し爆笑を誘う。表題作に「焼却炉行き赤ん坊」を加えた、無頼派作家による傑作私小説二篇を収録。（町田　康）
に-18-1

西村賢太
芝公園六角堂跡
狂える藤澤清造の残影
惑いに流される貫多に、東京タワーの灯が凶暴な輝きを放つ。何の為に私小説を書くのか。静かなる鬼気を孕みつつ、歿後弟子の矜持を示した四篇。巻末には新しく「別格の記」を付す。
に-18-5

西川美和
ゆれる
吊り橋の上で何が起きたのか――映画界のみならず文壇でも注目を集める著者の小説処女作。女性の死をめぐる対照的な兄弟の相剋が、それぞれの視点から瑞々しく描かれる。（梯　久美子）
に-20-1

西川美和
永い言い訳
「愛するべき日々に愛することを怠ったことの、代償は小さくはない」。突然家族を失った者たちは、どのように人生を取り戻すのか。ひとを愛する「素晴らしさと歯がゆさ」を描く。（柴田元幸）
に-20-2

西　加奈子
円卓
三つ子の姉をもつ「こっこ」こと渦原琴子は、口が悪く偏屈で孤独に憧れる小学三年生。世間の価値観に立ち止まり悩み考え成長する姿をユーモラスに温かく描く感動作。（津村記久子）
に-22-1

西　加奈子
地下の鳩
暗い目をしたキャバレーの客引きの吉田と、夜の街に流れついた素人臭いチーママのみさを。大阪ミナミの夜を舞台に、情けなくも愛おしい二人の姿を描いた平成版「夫婦善哉」。
に-22-2

沼田真佑
影裏《えいり》
ただ一人心を許した同僚の失踪、その後明かされた別の顔――崩壊の予兆と人知れぬ思いを繊細に描き、映像化もされた第一五七回芥川賞受賞作と、単行本未収録二篇。（大塚真祐子）
ぬ-3-1

花房観音
愛の宿
京都の繁華街にひっそりとたたずむラブホテル。ある夜、偶然泊まり合わせた数組の男女の性愛の営みと、思いもよらない本音を、官能と情念の名手が描き出す短編集。（逢根あまみ）
は-55-1

畑野智美
神さまを待っている
真面目に働いていた大卒26歳の愛。派遣切りに遭い、あっという間にホームレスになり、出会い喫茶を知るが……。「助けて」と言えない私がいけない？　傑作貧困女子小説。（佐久間由衣）
は-57-1

樋口有介
あなたの隣にいる孤独
「あの人」から逃げるために母と二人、転々と暮らしてきた無戸籍児の玲菜。そして母の失踪。初めて出来た友人・周東とその祖父とともに母を追い、辿り着いた真実とは――。（伊藤沙莉）
ひ-7-10

ヒキタクニオ
バブル・バブル・バブル
バブルのまっただ中、福岡出身で二十代の俺は汐留の大型ライブハウスの内外装の責任者に大抜擢、モデルと結婚して絶頂の日々も、長くは続かなかった。青春の実話ノベル。（日比野克彦）
ひ-16-5

平野啓一郎
マチネの終わりに
天才クラシックギタリスト・蒔野聡史と国際ジャーナリスト・小峰洋子。四十代に差し掛かった二人の、美しくも切なすぎる恋。平野啓一郎が贈る大人のロングセラー恋愛小説。
ひ-19-2

平野啓一郎
ある男
愛したはずの夫は、全くの別人だった――弁護士の城戸は、かつての依頼者・里枝から「ある男」についての奇妙な相談を受ける。人間存在の根源に迫る、読売文学賞受賞作。二〇二二年映画化。
ひ-19-3